Author
ハヤケン
Illustrator
Nagu

「し、信じられない……
私が特級印だなんて……」

レオーネは呆気に取られて、
自分の右手の甲の
特級印を見つめている。

英雄王、
武を極めるため転生す
そして、世界最強の見習い騎士♀

イングリス
（クリス）
Inglis
遥か未来で美少女に転生した元英雄王。
魔印武具の影響で
幼女の姿になっている。
レオーネ
Leone
裏切りの聖騎士レオンを兄に持つ
騎士科の少女。
イングリスたちと共に
天上領を訪れる。

ラフィニア
（ラニ）
Rafinha
イングリスの幼馴染で騎士を目指す少女。
自分の中にある正義感と
現実とのギャップに悩む
今日この頃。
リーゼロッテ
Liselotte
騎士科所属の気位の高い公爵令嬢。
天上領訪問でとある適性の高さを
見出される。

「リーゼロッテ……!?
わたし達が
分からないの？」
「リーゼロッテ！
どうしちゃったのよ!?
ねえ聞いて！　リーゼロッテ！」
二人で呼びかけながら、イングリスは違和感に気が付く。
違う。リーゼロッテの気配が、いつもとは明確に。
この強烈な感じ、重厚な気配、存在感は
ただの騎士アカデミーの生徒ではない。

英雄王、武を極めるため転生す
~そして、世界最強の
見習い騎士♀~ 10

ハヤケン

HJ文庫
1109

口絵・本文イラスト　Ｎａｇｕ

Eiyu-oh,
Bu wo Kiwameru tame
Tensei su.
Soshite, Sekai Saikyou no
Minarai Kisi "♀".

CONTENTS

第1章 ◆ 16歳のイングリス　絶海の天上領　その1

真っ青に澄(す)み切った青い空が、視界の全面に広がっている。

そして視線を下に向けても、見えるものは青。

空の青ではなく、海の水の青色だ。

イングリス達(たち)は王都カイラルを飛び立ち、カーラリアの領土をも飛び出して、海上に出ていた。

天上領(ハイランド)の三大公のうちの一角であり、セオドア特使やその妹セイリーンことリンちゃんの父親でもあるという、技公の下に向かうためだ。

目的は、武公ジルドグリーヴァとのお見合い兼(けん)手合わせで傷ついてしまった武器形態のエリスを治して貰(もら)う事。

それと秘(ひそ)かに、リンちゃんが元(もと)に戻る手立てを、エリスを見てくれる天上領(ハイランド)の技術者に相談してくる事、だ。

イングリスとしてはそれだけではなく、本場天上領(ハイランド)の防衛兵器や殺戮(さつりく)兵器が暴走し、襲(おそ)

い掛かって来てくれるような事態を期待したい所である。

武公ジルドグリーヴァは強大なその武力でイングリスと手合わせしてくれた。

ならば技公には、その技術力の結晶でイングリスと手合わせして貰いたいものだ。

「んー！　空も海もみーんな綺麗な青で気持ちいいわねー！　こんなに何もかも青いのって初めて！　ね、クリス？」

天上領から来た迎えの飛空戦艦の甲板で、ラフィニアが気持ち良さそうに背筋を伸ばしている。

「そうだね、ラニ」

イングリスは微笑んでラフィニアに応じる。

前世を通じても、中々ない光景だ。見応えがあるのは間違いない。

「仰る通りですわ、美しい光景ですわね」

リーゼロッテも頷いている。

「ええ、それはそうだけど……」

と、レオーネはちらりとイングリスのほうに視線を送る。

何か言いたそうでもある。

「……まあ気にしないほうがいいわ。気にしたら負けよ」

それを察したエリスが、そう声をかける。

エリスやレオーネ、それにリーゼロッテもラフィニアも、ここに持ち込んだ星のお姫様号の上に乗っていた。

そしてそれを、イングリスが両手で持ち上げて膝を曲げ伸ばししつつ、ラフィニアと談笑していたのである。

言うまでも無く、寸暇を惜しんでの基礎訓練である。

いつもの事ではあるが、未だに五、六歳の子供の姿であるイングリスがそれをする姿は、異様と言えば異様であるかも知れない。

「でももう何日も経つから、そろそろ着いて欲しいわね～。ねえヴィルマさん！　もうそろそろ着くって聞きましたけど、あとどのくらいですか？　何時、何分、何曜日？」

ラフィニアは近くに立っている天上人の騎士に話しかける。

艶やかな金髪をした、美しい女性だ。額にはその証でもある聖痕がある。

髪の長さは肩にかからないくらいで、女性としてはやや短い。

そのせいか、凛と引き締まったような雰囲気を漂わせている。

見た目の年齢としては、エリスよりも少し下で、イングリス達よりは少し上と言った所か。天恵武姫も天上人も見た目通りの実年齢とは限らないので、実際はどちらが上か分からないが。

顔以外は全身が物々しい漆黒の鎧に覆われており、いつでも戦争に出られるような重武装だ。

彼女がエリスを迎えに来た天上領の戦艦を率いる隊長だった。

セオドア特使は特使としてカーラリアに残る必要があるため、一緒には来られない。

そこでセオドア特使が呼んでくれた天上人が彼女だった。

話は通じる人物だと思いたいが。

「……」

だがヴィルマは、むっつりと黙り込んでラフィニアの言葉を無視した。

「ヴィルマさーん！　ヴィルマさん！　聞こえてますかー⁉」

「……騒がしいぞ、気安く話しかけるな」

ヴィルマはじろりとラフィニアを一瞥して言った。

「ええぇ～。でも天上領に着いてからも、ヴィルマさんがあたし達の案内役なんですよね？　だったら仲良くしましょうよ、暫く一緒なんだし……！」

ラフィニアは異文化交流に積極的に取り組む姿勢のようだ。

ヴィルマも不愛想に突き離すような対応だが、見下したり嘲笑ったりはしてこないため、天上人（ハイランダー）としては友好的と言えるかも知れない。

だからこそラフィニアが積極的に話そうとしているのだが。

「…………」

「あ～ひどい無視した！　ねえねえヴィルマさん、ひどいですよ、ヴィルマさーん！」

「黙れ……！　ひどいのはどちらだ……⁉　そんな子供を足蹴（あしげ）にするような真似（まね）を……！

何と痛ましい、地上の人間とはそのように野蛮（やばん）な者達なのか……⁉」

ラフィニアとその足元の星のお姫様号（スター・プリンセス）、そしてさらに下でそれを支えるイングリスに視線を向けながら、ヴィルマは憤然（ふんぜん）としている。

どうやら、彼女にはこれが何か地上式の折檻（せっかん）の類（たぐ）いに見えるようだ。

単純な基礎訓練なのだが。

「いや、こんな異常なのは地上でもクリスだけですから……！　クリスがもっと重くしたいって言うから、協力してるだけで……！」

「だけど確かに、見た目はよくないかもね……」

エリスもふう、とため息を吐（つ）いている。

「でしたら、ヴィルマさんもラニ達と一緒に上に乗って頂けませんか？　そうすれば問題ない事がお分かり頂けると思いますし、わたしもより強度の高い訓練ができて助かりますので……」

ヴィルマの纏っている鎧は重量がありそうなので、重しとしては良さそうだ。

「そ、そんな恐ろしい事が出来るか……！」

拒否されてしまう。

「じゃあ答えて下さいよ～。ねえねえ、あとどのくらいで天上領に着くんですか？」

「……もう合流予定地点のほぼ直下だ。あとは……」

と、ヴィルマの言葉が一瞬途切れる。

飛空戦艦が分厚い雲に突っ込んで、視界があっという間に曇ったからだ。

「この雲の壁を上に突っ切れば……すぐそこだ」

「わあ……！　やっと着くのね、どんな所かなあ……！」

「楽しみだね、ラニ。どんな凄い破壊兵器が攻撃してくれるかなあ……！　技公様の本拠地だから、ジル様の所より凄いのが見られるよ、きっと……！」

「いや、戦争しに行くんじゃないんだから……！　それより天上領のご飯とかお菓子とか、それにどんな服が流行ってるかとかも気になるわよね！」

「遊びに行くわけではないぞ……！」

と、ヴィルマがラフィニアを窘めた時、靄のかかったような視界が一気に晴れる。

飛空戦艦が雲の壁を突き抜けて上に出たのだ。

「まあいい。あれが我等が技公様の本拠島、イルミナスだ。地上の人間があの姿を目に出来る事、光栄に思うがいい……！」

ヴィルマは進行方向を指差し、誇らしげに語る。

だがその指差す先には、ただ青い空があるだけだった。

「え……？　でもヴィルマさん、何もありませんけど……？」

「ふ、これだからな……」

ヴィルマはしてやったりという表情だ。

「？」

「迷彩だ。我等が本拠島はその姿全体を空に溶け込ませて隠す事も可能。教主連も含めた全ての天上領の中でも、屈指の技術力が為せる業だ」

「へえぇえ……！　すごい……！」

「見た目には何もないようにしか見えませんものね。見事なものですわ……」

「そうね、やっぱり地上とは何もかも違うのね」

ラフィニアだけでなく、リーゼロッテもレオーネも感心している。

早速天上領の技術力を見せつけられた形だ。

「……エリスさん、魔素の流れを感じますか？」

「？　いいえ、でもそういうものではないの？」

「そうかも知れませんが、あまりにも静か過ぎる……ヴィルマさん。本当にあそこに天上領があるのですか？」

「何をバカな事を、合流地点はあそこだ。私がお前達を騙しているとでも言うのか？　何のために？」

「いえ、そうではありませんが、何か不測の事態が……」

イングリスがそう言った時、ヴィルマに向かって他の天上領の兵から報告が飛ぶ。

こちらはヴィルマとは違い、顔まで兜に覆われ、完全に顔は見えない。

「申し上げます。イルミナスとの通信断絶」

「何……!?　だが迷彩をして目の前に……！」

「迷彩用魔術の反応ありません」

「何だと……!?　では本当に目の前にイルミナスが存在しないというのか……!?　一体どこに――」

ばしゃあああああああああぁぁぁんっ！

空まで劈くような巨大な水音が、その場に響き渡った。

こんな高空まで水飛沫が届いたような、そんな錯覚すら覚える。

「な、何……!? 何か落ちたわよね、あの音……！」

「右手の……！　あちらのほうから聞こえましたわ！」

「雲の隙間から、遠くに水柱が上がるのが見えたわ、今……！」

「……状況から考えて、天上領に何かあったようね」

エリスが表情を引き締める。

「天上領の総本山の一つとも言うべき場所に起きる異変とは……保有している殺戮兵器の暴走か、それとも強大な魔石獣に襲われたか、あるいは血鉄鎖旅団や教主連合側の攻撃か……只事ではないですね」

「……あなたの顔もね。何なのよ、それは」

エリスが深く深くため息を吐く。

イングリスの幼気な瞳は、まるで宝石のようにキラキラと輝いているのだった。

「今のクリスだと、お誕生日のケーキを前にして喜んでる女の子、って感じよね……」

ラフィニアも星のお姫様号から下を覗き込みため息を吐く。

「見た目が小さくなったとはいえ、中身は変わりませんものねえ……」

「いや、中身が5、6歳でもきっと同じ反応よ？　昔からこうだもん」

ラフィニアがぱたぱたと手を振る。

「それはどうしようもないわね……」

レオーネが苦笑いする。

「機首を音のした方向へ向けろ！　詳細を確かめる！　イルミナス本島に異変があったかも知れん！」

ヴィルマが周囲の騎士や兵達に指示を飛ばす。

「ヴィルマさん、わたし達は先行偵察に出させて頂きます！」

イングリスはそう宣言すると、頭上に持ち上げた星のお姫様号をそのまま、駆け出していた。

「あ……！　おい、何をする……！」

「協力させて頂きます！　エリスさんを診て頂けなくなれば、こちらも困りますので」

そして笑顔で、飛空戦艦の甲板から飛び出した。

無論、上に乗っているラフィニア達も一緒に。

「「「きゃあああああぁぁぁぁっ!?」」」

まだ星のお姫様号は起動されていなかったので、機体は物凄い勢いで落下する。悲鳴が上がるのも当然だろう。

「あ、ラニ。操縦よろしくね？」

「分かったけど飛び降りる前に言ってよぉ！　無駄に怖いじゃない！」

ラフィニアが操縦桿を握り星のお姫様号を起動。

垂直落下する機体が浮力を取り戻し、ぴたりと止まる。

「ごめんごめん。待ちきれなくて」

イングリスも身を翻して、機体の上へと上がる。

五人も乗っているので、空きが無くかなり狭い。

「ちょっと人数多すぎて、窮屈ね……！」

と、ラフィニアが声を上げる。

「そ、そうね……！」

「では、わたくしは降りますわね！」

リーゼロッテが魔印武具の奇蹟を発動。

純白の翼を生み出して飛び上がり、船体の縁を掴んで並走の姿勢を取る。

そうしてヴィルマの戦艦に先行し、高度を下げつつ右手に進んで行くと、その先に大きな島の姿が目に入る。

「あれは……⁉」

さながら絶海の孤島（ことう）という所だが、その島の上にある建物や施設（しせつ）は、明らかに地上のそれとは様相が異なっている。

四角系の箱型の建物が多く、どの建物の外観にも、魔印武具（アーティファクト）に刻まれているような紋章（もんしょう）が意匠（いしょう）されているように見える。

あれが魔印武具（アーティファクト）のように魔素（マナ）の流れを制御（せいぎょ）し、魔術的（まじゅつてき）現象を生む効果があるとするならば、あれら全てが魔印武具（アーティファクト）のようなものだと見做（みな）す事も出来るだろう。

「ただの島じゃない……！　あれが天上領（ハイランド）よ」

エリスがそう皆（みな）に告げる。

「あれが天上領（ハイランド）……！」

「じゃあ、さっきの大きな音はあれが水面に落ちた音……⁉」

ラフィニアに続きレオーネが言った。

「よく沈（しず）まずに浮（う）いていられるものですわね……！」

「ええ、それも天上領（ハイランド）の技術力の為せる業でしょう……けれど、何か想定外の事態が起きているのは確実ね……！」

エリスの言う事ももっともである。

元々は付近の上空で合流予定だったものが、水上に不時着しているような形なのだ。

「エリスさん、あれを見て下さい……！」

イングリスが指差した先には、海中を移動する魚影（ぎょえい）の群れがあった。

一つ一つが人の倍以上もありそうな巨大さで、それが数十の単位で群れを成していた。

それが一斉（いっせい）に、絶海の孤島と化した天上領（ハイランド）へと向かって行くのだ。

明らかに自然なものではなく、意図や目標のある動きである。

「あれは……！　天上領（ハイランド）に向かって……!?」

と、魚影のうちの一体が、海面まで出て飛び跳（は）ね姿を見せた。

それは表皮が硬質化（こうしつか）し、体のあちこちに宝石のような塊（かたまり）が埋（う）め込まれている。

目は爛々（らんらん）と狂暴（きょうぼう）そうで、額から伸びた角は鋸（のこぎり）のように細かい刃（やいば）にびっしりと覆われている。

「……魔石獣！　あのままでは天上領（ハイランド）を襲うわね……！」

「おお……！　いいですね……！」

中々の大型の群れで、手応えもありそうだ。

あれが天上領（ハイランド）が不時着している原因かは分からないが、海の魔石獣というのも中々新鮮（しんせん）

である。

「エリス様、天上領のほうからも何か出てきます！」

レオーネの言う通り、天上領の側から飛び立つ影があった。

「あれって……！　竜さん⁉」

ラフィニアの言う竜さんは神竜フフェイルベインの事を指すが、それとは違うものの確かに竜だ。それも生身の竜ではなく、体のあちこちが機甲鳥や機甲親鳥のように機械化された姿だった。

「おぉぉぉぉ……！　あれは……機神竜でしょうか……⁉」

フフェイルベインが機神竜と化し、大戦将のイーベルに連れ去られた際は、そのまま天上領に帰ってしまい戦いそびれた。

ここでそれと戦えるならば願ったり叶ったりだ。

見たところ、フフェイルベインのそれよりもかなり小柄ではあるが、数は複数いて相手にとって不足はない。

「違うわ。あれは機竜……！　天上領の防衛兵器よ……！　生きた竜を改造した、ね」

「機神竜の子供のようなものでしょうか？」

要は神竜を素体にすれば機神竜だし、そうでない普通の竜を素体にすれば機竜になる、という事だろうか。

「ええ、そうかも知れないわね。私は機神竜なんて見た事はないけれど……」

「機竜達は魔石獣の迎撃に出て来た、という事でしょうね」

「状況から考えて、そうでしょうね」

「それは勿体ない……！　もとい、機竜の部隊の損傷を抑えるために協力しましょう！」

「クリスは自分が戦いたいだけよね……！」

「ジル様と戦った後から、暫く実戦が出来てないし……！」

その分先程のように訓練には入念に励んでいたが、やはり実戦に勝る修行は無いのである。

こうしている間にも、武公ジルドグリーヴァも鍛錬に励んでいるに違いない。

いつか再戦する時に水をあけられていないように、こちらも少しでも成長の機会を突き詰めていかなければならない。

目指すものは天恵武姫を使って勝つのではなく、自分自身の独力で勝つことだ。

目標は常に高く、自分自身で真霊素の扉を開くのだ。

「止めはしないけれど、勢い余って機竜を破壊してはダメよ？　問題になりかねないわ」

エリスがイングリスに向けて言う。

「この位置関係だと、丁度お互いがぶつかった所に割り込む事になりそうね！」

「機竜からの攻撃に、巻き込まれなければよいのですが……！」

「大丈夫だよ、レオーネ、リーゼロッテ。その前に追いつくから……！」

「……！　クリス、加速モード⁉」

星のお姫様号には、通常より圧倒的に速くなる加速モードが搭載されている。それ程長時間持続するものではないが。

ラフィニアはそれを発動するかを聞いている。

「ううん、ラニ。それは一回使ったら暫く使えないから……温存で！」

いざという時のために、切り札は取っておいた方がいい。

ここは試したい事もあるし、自力で行く……！

イングリスは機甲鳥の船首に飛び上がり、意識を集中する。

「竜理力……！」

両腕を体の前で交差するようにし、指先を両肩に触れる。

そこを起点に、両腕から胸、腰から脚部へと、指先の動きに竜理力を完全に重ねつつ、自らの体の上を滑らせていく。

同時に霊素から落とした魔素も制御し、全身を覆う。

氷の剣(けん)を生み出す魔術の、氷を実体化する魔術的現象を応用し、鎧の形状とする。

この鎧の形状にする魔素(マナ)の流れは、カーリアス国王が佩剣(はいけん)として所有していた魔印武具(アーティファクト)、神竜の爪(ドラゴン・クロウ)の働きを観察し、模倣(もほう)したものだ。

上級魔印武具(アーティファクト)を超(こ)えた、超(ちょう)上級とも言える魔印武具(アーティファクト)であり、ラファエルに授(さず)けられた神竜の牙(ドラゴン・ファング)と対(つい)を為す存在だ。

その魔素(マナ)の動きが竜理力(ドラゴン・ロア)と完全に重なる事により、変異を起こす。

魔素(マナ)と竜理力(ドラゴン・ロア)との融合(ゆうごう)、竜魔術(りゅうまじゅつ)だ。

そして単なる魔術の氷ではない、神竜の爪(ドラゴン・クロウ)が展開する鎧に似た蒼(あお)く輝く装甲(そうこう)を生むのだ。

グオオオォォォ……ッ！

竜理力(ドラゴン・ロア)を濃(こ)く内包した蒼い鎧は、具現化すると大きく竜の咆哮(ほうこう)を上げる。

「蒼い竜の鎧……!?」

「イングリスさん、な、何ですのそれは……!?」

レオーネとリーゼロッテが驚(おどろ)きの声を上げる。

「竜理力(ドラゴン・ロア)の応用でね。さしずめ竜氷の鎧……かな？　ロシュフォール先生が国王陛下から授かった神竜の爪(ドラゴン・クロウ)の効果を何回も見せて貰って、出来るようになったんだよ」

無論鎧として強固な防御力(ぼうぎょりょく)を備えつつ、更(さら)には全身を覆う力が身体能力を向上させる。

本家の神竜の爪（ドラゴン・クロウ）が備えていた飛行能力は複雑すぎて再現できなかった。

一言で言うと、微弱（びじゃく）な霊素殻（エーテルシエル）だと言えばいい。

微弱といえどもそれは比較（ひかく）対象が霊素（エーテル）の戦技だからであり、十分に強力ではあるし、何より竜魔術は霊素（エーテル）の戦技と併用（へいよう）できる。

霊素殻（エーテルシエル）と竜氷の鎧の重ね掛けは、イングリスを更にもう一歩先に進めてくれるはずだ。

「は、はあ……？　神竜の爪（ドラゴン・クロウ）って確か国宝級の魔印武具（アーティファクト）よね……？」

それをカーリアス国王がロシュフォールに授けたのは、つい最近の事。

イングリス達が天上領（ハイランド）に出発する直前の事だ。

ちょうどアルルに放課後特別訓練に付き合って貰っている時に、神竜の爪（ドラゴン・クロウ）を携（たずさ）えたロシュフォールが戻って来たのだった。

「そんな事、出来ていいのでしょうか……？」

「いいも悪いも、出来てしまったものは仕方ないわ。言うほど何度も見ずにこれだし、感心するしかないわね」

エリスは肩を竦（すく）めつつ、こちらを見て微笑（びしょう）していた。

「まあ、クリスのする事をいちいち気にしてても仕方ないし疲（つか）れるだけだし……！　どうぞ、行っちゃって！」

「うんラニ……！　行って来る！」

イングリスは船首を軽く蹴(け)って前へと飛び出す。

本気で反動をつけるならば、霊素殻(エーテルシェル)も併用して思い切り踏(ふ)み締めるべきだが、それをすると星のお姫様号(スター・プリンセス)を墜落(ついらく)させかねない。

だから踏み出しはそっと柔(やわ)らかく。

だがそれだけでは、失速して逆に星のお姫様号(スター・プリンセス)に追い抜かれてしまうだろう。

となれば、これだ――！

イングリスはくるりと後方を振り向き、掌(てのひら)を水平線の先に翳(かざ)す。

「霊素弾(エーテルストライク)！」

ズゴオオオオオオオォォォォォッ！

噴出(ふんしゅつ)する霊素(エーテル)の光が、イングリスの体に圧倒的な推進力を与(あた)える。

星のお姫様号(スター・プリンセス)を引き離し、一気に魔石獣の群れの頭上に出る。

「ガアアアァァァッ！」

活(い)きの良い魔石獣が一体、早速(さっそく)反応して水上に飛び上がり、大口を開けてイングリスを飲み込もうとする。

「ありがとうございます……！」

鋭い牙の生え揃った顎が閉じる瞬間、イングリスは身を翻してそれを避ける。

「ちょうど足場が欲しかった所です！」

閉じた口を足場にし、群れの前面に出る位置に跳躍。

そこは無論、底が見えない程に深い洋上である。

そのままであればイングリスは水に沈むはずだが、そうはならなかった。

ピキイィィインッ！

音を立てて瞬間的に、足元の海水が凍り付いて足場になる。

竜氷の鎧の元々は魔術の氷であり、竜理力の源となってくれた神竜フフェイルベインも、至高の凍気の力を持つ氷の竜だった。

必然的に、それらを組み合わせた竜氷の鎧も強力な凍気を帯びている。

少し足元を意識して力を込めると、具足の部分から滲み出る凍気がこうして、足元を凍らせてくれる。

イングリスは真っすぐ直線的に走るだけならば水上走行も出来るが、急に止まったり細かな方向転換をしたりという戦いの足運びには対応していない。

こうして踏み出す足元を即座に凍り付かせて足場にしてくれるのならば、地上で戦うのと大差ない感覚で戦うことが出来る。

非常に局所的だが、本来の機能とは違う副次的な効果としては十分だ。

「うん、これは戦いやすい……！　では、行きます！」

ちょうど前方左右から、二体の魔石獣が高く跳ねて急襲をかけて来る。

イングリスは足元に氷の回廊を作りながら、右手の魔石獣へと突っ込む。

「はあぁぁぁっ！」

跳躍し、高く跳ねた魔石獣へと逆に迫る。

あちらはイングリスの動きに反応できず、迎撃の動きも取ることが出来ない。

一応目標を見定めて飛び掛かったはいいが、目標がその場から動いてしまうと、動きの修正のしようもないのだ。

これが鳥か何かであれば翼で動きを制御できるだろうが、魚が飛び上がってしまえばなかなか難しいだろう。

イングリスは容赦なく、魔石獣の横腹に回し蹴りを突き刺す。

ドゴオオォォォンッ！

轟音と共に魔石獣が真横に吹き飛び、もう一方から迫っていた一体に激突した。

お互いの勢いがぶつかり、絡まり合うように落下する魔石獣。

イングリスはそれを追いかけて、落下地点に先回りする。

「ラニ！　レオーネ！」

名を呼びながら、魔石獣を高く、遠くに蹴り飛ばした。

魔石獣は自分たちで飛び跳ねるよりも遥か高く遠く、追いかけて来る星のお姫様号に目がけて飛んで行った。

と、更に足元から鋭い角と大きな口が急に姿を見せる。

足元からイングリスを丸呑みする動きだが、それにも反応し軽く真上に跳躍。

紙一重で攻撃を避けつつ、長い角を掴んで水上に引き摺り上げた。

「これはリーゼロッテに！」

そして掬い上げるように拳を一閃。

魔石獣はビチビチと身をくねらせながら、先程の二体を追って飛んで行く。

魔石獣には物理的な攻撃は効果がない。

殴り飛ばす事は可能だが、それでは致命傷を与えられない。

止めはラフィニア達に任せる方が効率的だ。

「きゃああああぁぁっ!? 何か飛んで来た！ 魚臭ーい！」

「落としたらまた潜られるわ！ 確実に迎撃しないと……！」

「少し離れているのは、わたくしが！」

「機甲鳥は私が操縦するわ！ あなた達は迎撃に専念して！」

エリスが星のお姫様号の操縦桿を握り、ラフィニア達が吹き飛んでくる魔石獣達への迎撃姿勢を取る。

光の雨の光の矢。

長く伸長した黒い大剣の刀身と、そこから発せられる幻影竜。

竜の咢の形に変形をした、斧槍の先端から発せられる吹雪。

騒がしいながらも、一体も漏らさず魔石獣達を撃破してくれる。

「いいね……！ じゃあどんどん行くね！」

更に追加で次々と、魔石獣をラフィニア達のほうに弾き飛ばして行く。

「ちょっとクリスううううぅっ！ 早過ぎるから！ ちょっとは自分で倒してよ！」

連続で七、八体を蹴り飛ばすと、ラフィニアから文句を言われた。

「ん。そうだね……」

足元を見る。

これまでの立ち回りで、凍った足場は結構な数が残されている。

「じゃあ、こっちで！」

イングリスは竜氷の鎧を解除する。

そして両手を握り拳に、腰の剣を抜き放つような姿勢で左右の拳を合わせる。

その姿勢から、剣を抜き放つ動きに竜理力(ドラゴン・ロア)を完全に重ねつつ、氷の剣を生む魔術を発動。

魔素(マナ)と竜理力(ドラゴン・ロア)を意図的に混ぜ合わせる位置で発動する事により、変異が起こる。


グオオオォォォ……ッ！


竜の咆哮と共に、竜を象(かたど)った意匠の蒼い剣が出現する。

もう一つの竜魔術、竜氷剣だ。

竜氷の鎧との同時発動は出来ないが、今は動き回るための足場も十分。

こちらはすでに武公ジルドグリーヴァとの実戦で使った事があるが、更に試しておく。

ちょうど目の前に飛び出して来た魔石獣の体に埋もれる魔石の色は氷の青。耐性があるであろう相手にあえてぶつけてみるのも一興である。

「はあぁっ！」

氷の足場を蹴り跳躍し、飛び込んで来る魔石獣に竜氷剣の刃を合わせる。

蒼い刃は魔石獣の顔面に易々と食い込み、そのまま左右真っ二つに全身を両断する。

魔石獣の亡骸は、水没しながら途中で消え失せて行く。

「うん。いい切れ味……！」

ただの氷の剣の魔術ならば、多少傷がつく程度だっただろうが、竜理力のおかげで耐性の影響を殆ど感じさせなかった。

霊素の戦技には及ばないだろうが、単なる魔術よりは格段に上である。

我ながら、なかなか良い発明なのではないだろうか。

血鉄鎖旅団の黒仮面は霊素の剣を生み出す事も出来るが、この竜氷剣でそれと斬り合ってみたいものだ。

そんな事を考えながら、迫って来る魔石獣をどんどん切り倒して行く。

「クリスー！　それで最後よ！　やっちゃって！」

ラフィニアの言う通り、楽しんでいるうちにいつの間にか残り一体になってしまっていた。

「ああ……もう終わりですか。名残惜しいですが、仕方ありませんね……！」

竜魔術の実戦訓練に付き合ってくれた事には、感謝する。

最後なので念入りに、細切れになるくらい念入りに斬撃の具合を確かめよう。

そんな事を思いつつ、イングリスが剣を構えた時――


バシュウウウウゥゥゥン！


後方からいくつもの閃光が、イングリスの背を向けて飛来して来た。

「……っ！」

それを察知したイングリスは、踊るような細かな足捌きで身をかわしてみせる。

だが、イングリスと対峙していた魔石獣はそうは行かなかった。

いくつもの光に撃ち貫かれて光の串刺しのようになり、ビクビクと身を震わせて消滅して行く。

「ああ……！　勿体ない……！」

全部自分が相手したかったのだが。

が、攻撃が飛んできたという事は新手がいるという事。

イングリスは後方に注意を向ける。

閃光を放って攻撃をしてきたのは、天上領（ハイランド）から飛び立っていた機竜達だ。それが一斉に、先程の攻撃を放ったのである。

数は六体ほど。

それが並んで、イングリスのほうを見ている。

「……」

イングリスも機竜達の様子を窺（うかが）う。

一瞬（いっしゅん）その場に静寂（せいじゃく）が流れる。

あの魔石獣を仕留めた攻撃は、魔石獣だけを狙（ねら）っていたものなのか、それともイングリスも攻撃対象として認識（にんしき）しているのか。

あれだけでは、どちらとも判断が付かない。

だからあちらの出方を待つ必要がある。

どう出て来るのか。

願わくば――

「クリス～！　ほらこっちこっち！　戻（もど）って来なさいよ！」

「下手に近づかない方がいい、離（はな）れましょう……！」

エリスが操縦する星のお姫様号が、イングリスを引き上げようと近づいてくる。

グオオォォォォオンッ！


その時、一斉に機竜達が咆哮を上げた。

開いた口の中に閃光が生まれ、膨れ上がって行く。

先程の魔石獣を撃った光だ。

それをイングリスに向け放とうとしている。

「よし……！」

つまり敵認定である。

良かった。まだ戦いは終わっていないのだ。

「『よし、じゃないでしょ！』」

ラフィニアとエリスが全く同じことを言った。

「大丈夫だよ、ラニ！　壊さなければいいんですよね、エリスさん⁉」

「そうだけど……！」

こちらから攻撃は出来なくとも、相手が攻撃して来てくれるのであれば、やりたい事は沢山ある。

どんな状況、どんな戦いでも、少しでも自分の成長に繋げていくことが重要だ。

イングリスは竜氷剣を消失させて、再び竜氷の鎧に切り替える。

「エリスさん、ヴィルマさんの所に戻りましょう！　機竜を止めて貰えるかも！」

ラフィニアがエリスを促す。

「そうね、そうしましょう！」

「クリス、壊しちゃダメよ！」

「うん、分かった……！」

イングリスは頷いて、機竜達の攻撃に備え身構える。

「いや、その必要は無い……！」

その場に割り込む声がする。

同時に、星のお姫様号の上方から、別の機甲鳥の機影が近づいて来ていた。

「迎撃指令を強制解除。出撃待機状態へ移行……！　鎮まれ、機竜達よ……！」

それはヴィルマの声だ。

現れた機甲鳥の機上にある彼女が身に纏う黒い鎧に光る文様が浮き上がり、輝いている。

あの魔術光のような輝きに、機竜を操作する魔術的な効果があるのだろうか。

ともあれヴィルマの呼びかけで、機竜達はぴたりと攻撃を止めてしまった。

そして回れ右をして、海上の天上領のほうに飛び去ってしまう。

「あああ……！　待って、帰らないで……！　せめて一撃わたしに攻撃を……！」

あの閃光の攻撃を竜氷の鎧で受けてみて、強度のほどを確かめたかったのだ。

「機竜が帰って行くわ……！」

「良かった……！」

「同士討ちをせずに済みましたわね」

「ええ、下手な問題を起こさずに済んだわ」

皆ほっとしたような様子だ。イングリス以外は。

「……機竜は外敵を迎撃するように制御されている。もう大丈夫だ。協力に感謝する、済まなかったな。それにしても遠目に見ても、この子の動きは異様だが……」

「本当です……！　せめて一体くらい残してわたしを攻撃してくれても良かったと思います。わたしに悪意があったらどうするのですか？　地上の人間を簡単に信用し過ぎるのは少々考え物だと思います……！　そもそも天上人たる者、地上の人間の事など歯牙にもかけず、嬉々として魔石獣への攻撃に巻き込んで頂いて然るべき……」

「……か、考え方も異様だな……？」

　ヴィルマが何とも言い難い顔をする。

「こら、クリス！　我儘言わないの！　問題なかったからいいじゃない……！　そもそもセオドア特使やセイリーン様はそんな事しないわよ……！」

　近づいてきたラフィニアが、ヴィルマに訴え掛けるイングリスの耳を引っ張る。

「い、いたいいたいよラニ……！　だってフフェイルベインの時は逃げられちゃったから、せめて攻撃くらい受けさせてもらってもいいかなって……！　ほら、あっちにとってもいい実験になるよ？　わたしは攻撃しないし……！」

「もー！　ちっちゃくなっても、天上領に来ても、いつでもどこでもクリスはクリスなんだから……！　とにかくダメ！　大人しくしてなさい……！」

「ま、まあ。子供の元気がいいのはいい事だ、そこまで叱る事もないだろう……？」

「いいえ、ヴィルマさんは甘いです……！　そもそも小さいのは一時的にそうなってるだけであたしと同い年ですから、クリスは……！」

「……やれやれ、騒がしい事だな。天上領に入ってからは大人しくしてくれよ。まあ、それ所ではない騒ぎになっているかも知れんが……」

　ヴィルマは絶海の孤島と化した天上領のほうに視線を向ける。

「ここが海上で良かったですね。陸地であれば大変な事になっていたかも……」

「……ああ、それはその通りだ」

　イングリスの言葉にヴィルマは頷く。

「こういった事は、よく起こるのでしょうか？」

　エリスがヴィルマに向けて問う。

「いや。多少の不調はあれど、こんな事ははじめてだ……原因は突き止める必要があるだろう」

「……ややこしい所に来てしまった、というわけね……」

　エリスはふうとため息を吐く。

「普段起きない事が起きているのであれば、普段いない者の仕業かも知れませんね。血鉄鎖旅団やあるいは教主連合側の敵でも潜入しているのでしょうか……！　殺戮兵器に魔石獣に敵勢力……！　賑やかでいいですね……！」

「……ふう。一体何をしに来たのかしらね、この子は……」

「おい、天上領に上陸させて大丈夫なのか……？　この子は……？」

「い、一応あたしが保護者としてちゃんと見ますから！　大丈夫です、多分！」

　ラフィニアが少々不安そうに言っていた。

第2章 ◆ 16歳のイングリス 絶海の天上領 その2

イングリス達は再びヴィルマの飛空戦艦に戻り、船ごと天上領へと入港した。

飛空戦艦のドックは地下部分にあり、騎士アカデミーが所有するボルト湖畔の機甲鳥ドックなどとは規模も技術力も比較にならない様相である。

自分達の乗って来た飛空戦艦の他にも何隻もの戦艦が係留されており、それらが居並ぶ様は壮観の一言。

数で言えば数十になるだろうか。

カーラリアのそれはセオドア特使が貸与してしてくれた聖騎士団のものと、ヴェネフィク軍から鹵獲して封魔騎士団の旗艦となるものの二隻だけである。

それぞれの艦の人員は比較的少人数で運用している様子だが、それでも地上では大国と言われるカーラリアと比較しても、圧倒的な戦力差である。

さらに何か見た事のない装置がいくつも空中を飛び交って、資材その他を運搬しているのが目に入る。

それを受け取った無人の機械の手が、戦艦を補修したり、新たなものを組み上げたりという作業があちこちで行われていた。

無論こんなものは地上には存在してない。

「す、すごーい……何これ……勝手に台車が飛び回って物を運んでるの……？」

「それに、あっちの鉄の手は……勝手に動いて戦艦を組み立てているみたいよ……？」

「こ、高度過ぎて何が何だか……やはり、地上とは何もかもが違うのですわね……」

ラフィニアもレオーネもリーゼロッテも、周囲をキョロキョロと見回して呆気に取られている。

「見事なものだ……」

イングリスもそう呟いていた。

複雑怪奇な魔素の動きを、そこら中の設備や部品から感じる。

根本は魔術的な現象でこれらの設備を制御しているのだろうが、とてもではないが解析できない。

魔素を源に自動的に制御される装置。

即ちこれも恐ろしく高度で緻密な魔印武具だと見做す事もできるだろう。

「……圧倒的ね」

エリスもあまりここをまじまじと見た事はないのか、呆気に取られている様子だ。

「驚くのも無理はない。我がイルミナス本島の大工廠は、全天上領の中でも随一。他に並ぶものはあるまい。さあ、こちらだ」

ヴィルマはイングリス達を促し、飛空戦艦が係留された桟橋に架かる橋を降りて行く。

「さすが、技公様の本拠島というわけですか……」

その背中を追って歩きつつ、イングリスは問いかける。

「武公様や法公様の下へも、ここで製造した兵器をお届けしている。三大公派は持ちつ持たれつだ」

「あまり人はいないようですが……？　殆ど無人なのですか？」

「今は非常事態だ。本島が海に落ちたのだからな、皆混乱を収めるために出払っているのだろう。街に被害が出ていれば、救助も行わねばならん」

「なるほど……」

「じゃああたし達だけで降りるんじゃなく、他の兵士の皆さんも一緒に行った方がいいんじゃ……？」

「それは、どこにいる？」

ヴィルマがラフィニアの言葉に、振り返る。

先程まで甲板にもヴィルマの配下の兵士達がいたはずだが、その姿が消えていた。

「あれ……？」

「彼等は既に戻った」

「戻った？　どこに……？」

「疑似生命用の素体プール……だな。あの戦艦を運航する事のみを目的に生み出されたため、他の事は出来ん」

「……!?　に、人間じゃなかったんですか、あの人達……!?」

「ああ。そういう事だ」

「そ、そんな風には見えなかったわね……無口な人達だなあとは思ったけど……」

「し、信じられない技術力ですわね……」

「ほ、本当ね。何もかもが……」

またラフィニア達が呆気に取られている。

「人語を解する、恐ろしく高度なゴーレム……と言った所ですか？」

「そう思ってくれればいいと思う」

「なるほど……」

イングリスの前世の記憶を辿る限り、ゴーレムとはその材質に非常に左右されるもの。

生み出されたゴーレムが、一見人と区別がつかないという事。

それはつまり、その材質は——これ以上は考えない方がいいだろう。

「私にも技術的な詳細(しょうさい)は分からん。私は一騎士に過ぎん」

恐らく、ヴィルマは天上人(ハイランダー)になったラーアルやファルスの親子と同格程度、という位置付けだろうか。

ただ戦艦を任されセオドア特使の用命への使者となっているくらいだから、同じ騎士の中でも、上位の立場である気はするが。

ヴィルマは三大公の技公の配下の騎士で、ラーアルやファルスは教主連側なので、そのあたりでも違いは出てくるだろうが。

「よし……止まってくれ」

ヴィルマが足を止めたのは、大工廠の巨大(きょだい)な空間から別の場所に続く通路の一つだ。

「光る壁(かべ)……結界ですか？」

強力な魔素(マナ)の流れを感じる。

人の気配はないが、魔術(まじゅつ)が発動しているという事に等しいだろう。

「ああ。こういったものには下手に触れるなよ。通行許可のない者は迎撃(げいげき)されるようになっている」

ヴィルマはそう言って、結界の壁の前に立つ。

「……管理権限。資格の無い四名の通行を一時的に許可」

ヴィルマの額の聖痕に向かって、壁から一条の光が差す。

それにより、壁が消えて通れるようになった。

「行くぞ。私から離れるなよ。あまり離れると結界が作動するぞ」

「……すごい技術ですね」

魔術や魔印武具の奇蹟というものは、それを発動する使用者がいて、はじめて発動するものだ。

これは聖痕の有無を判別して、一時的に結界を解除したりという複雑な制御が可能なうえ、無人なのである。

人の意思を介在せねば出来ないような複雑な制御が、自動化されているのだ。

「この壁の部分が魔印武具のようなものとして、では魔術的現象の源である魔素はどこから……？　それに、ヴィルマさんの聖痕を判別したり例外を許可する判定はどうやって……？」

とても興味深い。この光る壁を調べているだけで、一日潰せてしまいそうだ。

「ほらクリス、何やってるのよ行くわよ。離れないようにってヴィルマさんも言ってたでしょ？」

ラフィニアにひょいと抱きかかえられてしまう。

「あ、うん。ごめんね、ラニ」

と、レオーネがヴィルマに質問している。

「あの……今どうして四人だけを？　私達は五人ですけど……？」

「そうですわね。わたくしも気にかかりました」

「天恵武姫（ハイラル・メナス）が通る事は問題ないだろう？　我々天上領（ハイランド）が生み出した存在なのだから」

「ああ、なるほど……」

「そう言われればそうですわね」

「……里帰りは歓迎（かんげい）してくれるというわけね。ありがたい話だわ」

言葉の内容とは別に、エリスの表情は全く嬉（うれ）しそうでは無く淡々（たんたん）としているが。

「向こう側は結構遠いわね～。機甲鳥（フライギア）が欲（ほ）しいくらい」

確かにラフィニアの言う通り、通路の向こう側の出口はかなり先に見える。

「ああ。その通りだな」

ヴィルマは壁際の紋章（もんしょう）のようなものが刻まれている部分に近寄る。

「六名分の移動手段を申請（しんせい）。行先は中央研究所」

また聖痕に向かって光が差す。

すると壁が音も無く開いて行き、中から機甲鳥(フライギア)がせり出して来た。

機甲鳥(フライギア)だが形状は平たい円形に外枠(そとわく)が付いたようになっており、印象としては小型の機甲親鳥(フライギアポート)だ。

「わぁ……！　すごーい！」

ラフィニアが歓声(かんせい)を上げる。

「べ、便利ね……」

「ど、どういう仕組みになっているのでしょう……!?」

「自動配機制御だ。ここだけではなく、我がイルミナス本島にはこのような場所が無数にある。さあ、乗ってくれ」

「よーし、じゃああたしが操縦……って操縦桿(そうじゅうかん)が無いですね？」

「操縦も自動だ。行先を伝えればいい」

「おおお～～ほんとにすごい！」

「流石(さすが)と言うか……そうよね、魔印武具(アーティファクト)や天恵武姫(ハイラル・メナス)が生み出される場所なんだもの……」

「ええ、レオーネの言う通りですわね……」

ラフィニアはますます喜び、レオーネとリーゼロッテはますます圧倒(あっとう)されていた。

「では、行くぞ」

ヴィルマの声に指示されて、機甲鳥(フライギア)が浮(う)かび上がり飛び立つ。

長い通路を通り抜(ぬ)けると、そこは屋外だった。

高い岩山の中腹のような場所に出て、外に出た瞬間にこの天上領(ハイランド)の全景が目に入って来た。

巨大な街だ。その規模は、カーラリアの王都カイラルと比べても引けを取らない。

街並みは先程(さきほど)遠目に見た四角系の箱型の住居が、大きさも、乳白色の外壁(がいへき)に意匠(いしょう)されている紋章は緑という仕様も、すべて揃えられて等間隔(とうかんかく)に並べられている。

植えられている木も等間隔で同じ大きさ同じ種類で、全体的に恐ろしく整然としている様子を受けた。

「同じ大きさの建物がいっぱいある……！」

「測ったようにみんな同じね……」

「建物が揃いですと、恐ろしく整っているように見えますわね……」

「ヴィルマさん、あの小さめの揃いの建物が天上人(ハイランダー)の皆さんの住居ですか？」

「ああ。そうだ」

「では、大きさの違う建物は違う施設(しせつ)だという事ですね」

「看板とかないし、どこが何のお店かとか分からないわねー」

ラフィニアがキョロキョロと眼下を見回している。

「ラフィニアは、レストランを探してたんでしょ？」

レオーネがラフィニアに向けて言う。

「あ、バレた？　美味しいご飯屋さんと、あと天上領の服の仕立屋さんと、お土産屋さんも見たいな～。ヴィルマさん、どこですか？」

「そう言ったものは無い。必要に応じて配られる」

ラフィニア達が吃驚して声を上げる。

「「ええぇっ!?」」

「ぜ、全部タダって事ですか……!?」

「ち、地上とは全然違うのね……」

「で、では、天上人の皆さんはどこで働いていらっしゃるのでしょうか……!?」

リーゼロッテがヴィルマに質問する。

「基本的に労働という行為は必要ない。一部、例外はあるがな。最新技術の研究者や、私のような者だ。ここは技公様の本拠島ゆえ、研究者を志す者が多いな」

「なるほど……生きるために必要な殆どの事が自動的に供給されるようになれば、人間は働く必要も無くなる……と」

　人の世が進化して行った先、と言う事かも知れない。

　前世のイングリス王が生きた時代に比べ、世の中も進んだものだ。

　こんな場所があるとは。

「でも、畑とか牧場とかも無いわ。どうやって食べ物は……ああそれは地上から貰ってるのね、魔印武具と交換で……」

「いい場所……なのかな……？　ここに住んでる人にとっては……だけど私達は魔石獣と戦って必死で土地を守って、それで……」

「ですが、魔印武具が無ければ、わたくしたちは自分達の住む土地を守れませんもの、仕方のない事なのでは……？」

「言っても仕方のない事よ。私達は私達の目的を果たすのよ、それだけでいいの」

　ラフィニア達にエリスが呼び掛ける。

「……地上と我々天上領は、対等ではないかも知れんが持ちつ持たれつだ。だから今回の立ち入りと、天恵武姫のあなたの修繕を見返りを求めず請け負っている」

「ありがたいお話……ね」

「まあ、生きるための労働から解放されるのは素晴らしい事だと思います。好きなだけ己の武を追求して、ずっと訓練したり戦い続けていたりしても許されるという事ですものね？　羨ましいものです……！」

義務や使命に縛られず、自分のやりたい事に没頭できる環境があることは、素晴らしい事ではある。

「「…………」」

エリスもレオーネもリーゼロッテも、イングリスのほうを複雑そうな表情で見ていた。

「？」

「クリスは別にここにいなくても、いつもそうでしょって事！」

ラフィニアがイングリスの頬をぷにぷにと突っつく。

エリスもレオーネもリーゼロッテも、うんうんと頷いている。

「つまり、地上で生きてても楽しいよって事だよね？」

だが、イングリスも負けじとにっこり言い返す。

「……まぁ、比べても仕方ないって事よね？」

「うん。そうそう。わたしはラニがいて、いつでも強い相手と戦えて、いっぱい食べられればそれで満足だよ？」

「それでって、十分欲張りな気がするけどね？　あたしは強い相手とは戦えなくても満足だし……！　まあとにかく、目の前の事は楽しんじゃえばいいのよね！　なら観光っ！」

「いや、ラフィニア。遊びに来たわけじゃないと思うけど……」

「それに、海に不時着なさってこちらも大変でしょうし……」

「街に殆ど人はいないわね」

エリスが眼下の街の様子を見て言う。

確かに、この規模の巨大な都市だというのに死んだように静かで、殆ど人の姿が無い。

「既に大方避難が済んでいるのだ。大多数が地下にいるはずだ」

「なるほど……」

「安全が確認できれば、街に人も出て来るだろう。だがまず我々が向かうのは、あそこだ」

ヴィルマが指差すのは、都市の中央部分。

他の建造物と比較して圧倒的に巨大な、数十倍以上大きな建物が鎮座している。

カーラリアの王城と比較しても、更にその数倍以上大きいだろう。

「あれが中央研究所。我等がイルミナス本島の中枢だ。天恵武姫を生み出す施設もあそこにある」

ヴィルマの説明を聞きながら、機甲鳥は巨大な建物に近づいて行く。

中央研究所の中に足を踏(ふ)み入れると、静まり返った外の様子に比べて、大騒(おおさわ)ぎになっていた。

「障害の原因は……!?　何故(なぜ)こんな事になったんだ……!?」

「『浮遊魔法陣(ふゆうまほうじん)』が突然(とつぜん)機能不全を起こしたようだ……！」

「何だと、今どうなっている……!?」

「不明だ……！　それよりもまず、水没を防がなければ……！」

「ああ、緊急避難(きんきゅうひなん)的に、降雨検知と都市結界用の魔素(マナ)を予備浮力(ふりょく)に回した！」

「そうか……だがもし虹の雨(プリズムフロウ)が降れば……！」

「それは仕方がない……！　今はそうする他は無い……！」

「ああ。衛星島に救援(きゅうえん)を求める事も出来るからな……！」

天上人(ハイランダー)の研究者であろう者達が切迫(せっぱく)した表情で言葉を交わし、そこかしこの装置や計器を覗(のぞ)き込んでいる。

巨大な施設の中は何層にもなっており、外から機甲鳥(フライギア)でそのまま乗り入れ、空中に光が浮き上がるような決まった順路を通って行くが、流れてくる景色は皆このような感じだ。

かなり、いや極度の緊迫（きんぱく）状態と言えるだろう。

「す、すごい状況（じょうきょう）の時に来ちゃったわね……？」

「そうだね。天上領（ハイランド）が空から落ちて動けないなんて、大変な事だと思うよ。もし虹の雨（プリズムフロウ）が大量に降ったり、虹の王（プリズマー）なんて現れたら逃げられないし……」

「や、止（や）めてよね……本当になったらどうするのよ……!?」

「戦うよ？　久しぶりに虹の王（プリズマー）と戦いたいし……ね？」

イングリスはぐっと拳（こぶし）を握（にぎ）り、にこっと可愛（かわい）らしく微笑（ほほえ）んでみせる。

「あたしはやだぁ……！　あんなのとまた戦うの怖（こわ）いわよ……！」

「到着（とうちゃく）したぞ。皆降りてくれ」

と、ヴィルマがイングリス達に呼びかける。

機甲鳥（フライギア）を降りるとすぐそこに大きな扉（とびら）がある。

「こちらは……？」

「ヴィルキン第一博士の研究室だ。我がイルミナスでも一番の技術者だと言われている……失礼のないようにな。尤（もっと）も、あちらの方が失礼かも知れんが」

ヴィルマがその前に立つとまた聖痕に光が差し、ゆっくりと扉が開いて行く。

中に入ると、そこは様々な実験器具や書棚（しょだな）などが雑多に積み上げられた広大な空間で、大工廠で見た機械の手の小型のものが、何か見た事のない器具を組み立てたりしている。

「や、やだ何あれ……？」

ラフィニアは透明な管の中にぷかぷか浮かんでいる肉塊のようなものに注目している。

それに機械の手が針を挿して、異様な色の液体を注入すると、肉塊が激しくウネウネ蠢き始める。

「ひいぃぃ……⁉」

「あ、あまり気持ちのいいものじゃないわね……」

ぱっと肉塊の姿が可愛らしい子犬のようになった。

「あっ……可愛い……！」

「ですわね……ふふふっ可愛いですわ」

ラフィニア達がそちらに引き寄せられた瞬間、また子犬がウネウネと肉塊に戻り、今度は大きな蠅のような虫の姿になった。

「ぎゃあああぁぁっ⁉」

「か、可愛くないっ！」

「な、何ですのこれは……⁉」

怯えるラフィニア達に反して、イングリスは興味深そうに管の中を見つめる。

「へぇ……どんな姿にもなる、生き物……？　どうなってるんだろう、凄いなあ……」

「く、クリス近寄るのやめときなさい！　気持ち悪いわ、それ！」

「騒がしいぞ、静かにしてくれ」

ヴィルマに窘められて、イングリス達はさらに奥に進む。

「ヴィルキン第一博士。天恵武姫の輸送指令のほう、完了致しました」

奥には大きな机があり、そこに着席している人物にヴィルマが声をかける。

その相手の後ろ姿は、少年のようだった。

右手にだけ着けた白い手袋が、博士らしいと言えばらしいだろうか。

片側だけなのは、違和感があるが。

「他人行儀だよねえ～、ヴィルマは。真面目なのはいいけど、父さんでいいじゃないか」

「……任務ですので」

少年のような背格好からは、明らかにヴィルマより年下に見えるのだが。

振り向いたその顔は――よく見知ったものだった。

「……イーベル殿……!?」

「えええええっ!?　どうしてあいつがここに……!?」

天上領の大戦将のイーベルだった。

穏(おだ)やかで柔(やわ)らかい表情は、イーベルの雰囲気(ふんいき)とは似ても似つかないが。

「うん……？　イーベル？」

イーベルにそっくりなヴィルキン第一博士が、きょとんとする。

よく見ると髪色(かみいろ)の濃淡(のうたん)が少々違うだろうか。

「え、ええ。天上領(ハイランド)の大戦将(アークロード)の……」

「大戦将(アークロード)？　ああ、教主連側かあ。そうだね、あちら側にもこの上級魔導体(ハイマナコート)を使っている者がいるかもね？　素体はいくつか、献上(けんじょう)したこともあったしねえ～」

イングリスに応じる間延びしたゆるい口調が、緊張感(きんちょう)を打ち壊して来る。

「い、イーベルじゃない……って事ですか？」

ラフィニアがそう問いかける。

「そうだよ～。ヴィルマも言ってたでしょ？　ヴィルキン第一博士って」

「博士はご自身の本来の身体ではなく、上級魔導体(ハイマナコート)？　という人為的(じんいてき)に作られた体を使用されている……という事ですか？　それがこの世には複数あると」

「そういう事……！　まあ開発したのは僕(ぼく)だから、僕がオリジナルであって他は全部模造であるとも言える……かな～？」

「なるほど……」

と、ヴィルキン第一博士はエリスのほうに視線を向ける。

「で、天恵武姫（ハイラル・メナス）のきみを修理しろって話だったっけ～？　武公様に壊されちゃったとか……」

「ええ。頼（たの）めますか？　こちらも何か大変な事になっている様子ですが……」

エリスは静かにそう応じる。

「そうだねえ。どの程度壊れてるかにもよるよね～。あんまりボロボロだと、廃棄（はいき）して新しいの出した方が早いかも知れないし……？」

「…………」

「そ、そんな事したらエリスさんはどうなるんですか……⁉」

ラフィニアが声を上げる。

「それって人格とか魂（たましい）ってやつの面がどうって事かなあ～？　天恵武姫（ハイラル・メナス）の機能は壊れちゃってるよね～？」

ヴィルキン第一博士は全く悪びれずにきょとんとしている。

「は、はい……！　そうです！」

「ん～？　何か別の器（うつわ）に入れて持って帰れば？　ほら、そこのアレとかに入れてあげたりも出来るよ～、サービスで。上級魔導体（ハイマナコート）をあげるってわけには行かないけどさぁ～？」

と、博士が指差すのは、先程色々な姿に変化していた肉塊である。

「そ、そんなのダメです……！　エリスさんが虫になっちゃうじゃないですか……！」

「あぁ姿ならある程度好きに出来ると思うよ～？　今に近いのも出来るし。責任はとれないけどねぇ～ふふふっ。まあそもそも～、体なんて必要最低限の要求性能を満たしていれば何でもいいと思わな～い？　要は人が生きるための器でしかなくて、幸せを感じるのは人格や魂のほうでしょ～？」

「……う、うーん……そういうのは、よくわからないですけど……」

ラフィニアがだんだん言い返せなくなって来る。

「楽しいよ～？　ず～っと好きな事やり続けられるのってさぁ？」

「でも、そんなのエリスさんがエリスさんでなくなっちゃうって言うか……」

「やはり、元の体の、自然なままがいいって～？　天恵武姫（ハイラル・メナス）なんてとっくの昔に、体中ぐっちゃぐちゃに改造されて～、元の人間とは似ても似つかぬ何かになってるんだけどなぁ～？　保ってるのはホント表面の薄皮（うすかわ）一枚だよ～？　君の拘り（こだわ）がよく分からないな～？」

別に不機嫌（ふきげん）そうでも無く、ヴィルキン第一博士はにこにことラフィニアに語り掛ける。

「……！　でも、変……！　何か変です……」

「僕は新鮮（しんせん）だね～？　ここの天上人（ハイランダー）にとって、上級魔導体（ハイマナコート）や別の器に移る事は名誉（めいよ）だから

～。より自分の知や思索(しさく)を深める機会を得る事に他ならないからね～。技公様自らそれを体現なさってるわけだし？　人は肉体ではなく、その知や魂だってね～？」

「……私は出来るだけ、元(もと)の状態に戻して頂ける事を望みます。天恵武姫(ハイラル・メナス)としてやるべきことがあります。それを他の人間に負わせるのは望みません」

　エリスがぴしゃりと言い切って、その場の議論を打ち切った。

「なるほど、それもまた美しい精神だね～。ま、ちょっと調べてみないと何ともだものね～おーい」

　と、ヴィルキン第一博士が呼び掛けると、拳大(こぶしだい)の青黒い球体が、こちらに近寄って来た。

「は～い。サーチサーチ。全身の損傷と機能不全をかくに～ん」

全体にびっしりと紋章が浮かび上がっている。

　エリスの全身を、薄(うす)い緑色の光が照らした。

「……ん～？　損傷の深度はかなり深いが局所的～って感じかな？　これならまあ、直した方が早いかな？」

「博士。状況が状況ですが、大丈夫(だいじょうぶ)でしょうか？」

　ヴィルマがそう尋(たず)ねる。

「だから父さんでいいってば～、ヴィルマ」

「……任務ですので」

「ヴィルマの任務は彼女(かのじょ)をここに連れて来る事で、それはもう終わってるじゃないか～」

ヴィルキン第一博士が寂(さび)しそうにしている。

「まあ、天恵武姫(ハイラル・メナス)の製造は技公様のシステムとは独立したものだから、大丈夫大丈夫(だいじょうぶだいじょうぶ)～。

サーチを続けるよ？　修理計画を算定するからね～？」

エリスの体を何度も、様々な色の光が照らして行く。

「で～？　他の子達は何の用なのかな～？　天恵武姫(ハイラル・メナス)にでもなりに来たの？　だったら適性とか調べようか～？」

「い、いえあたし達は単なる付き添(そ)いで……」

「はい、お願いします博士！」

首を振るラフィニアの横から、興味津々(きょうみしんしん)のイングリスが口を出す。

「クリスぅ……!?」

「まあせっかくだから、記念にね……！」

神騎士(ディバインナイト)たる自分が、すんなりと天恵武姫(ハイラル・メナス)化出来るとは思わない。

が、その技術を間近で学ぶ事で、新たな戦技を編み出すことが出来るかも知れない。

そういう意味では、とても興味がある申し出だ。

「はいは～い。じゃあ、おーいもう一機～」

と、また別の球体が飛んで来てイングリスの目の前で止まった。

「そいつは手で触(ふ)れてみてね～」

「はい、分かりました……！」

イングリスは言われた通り、球体に手を乗せる。


ピピピピピ……！

警報のような音が鳴る。


「？」

「あれぇ、計測エラー？」

ヴィルキン第一博士が首を捻(ひね)っている。

やはり神騎士(ディバインナイト)の身に纏(まと)う霊素(エーテル)が、邪魔(じゃま)しているのだろうか。

「うーん、じゃあそっちの君に」

「え？　あたし……⁉」

一応ラフィニアも、目の前に来た球体に手を乗せた。

ピピピピピピピ……！

「あ～やっぱり壊れちゃってるのかなあ？　技公様が沈黙しちゃった影響が出ちゃってる～？　独立してるはずだけどな～？　じゃ、また別の～」

二個目がいなくなり、三個目がやって来る。

「ほい、じゃあ次は君ね～」

ヴィルキン第一博士がレオーネを見る。

「わ、私……⁉　ええと、はい……」

レオーネが手を触れると、今度は警報は鳴らなかった。

『……結果判定。適性レベルＣ』

「わ……⁉　今これが喋ったの……⁉　すごい……！」

ラフィニアが目を丸くしている。

「ん～良かったね～。全部壊れたわけじゃないみたいだ。で、君才能あるみたいだよ～？　どうする？　レベルＣ判定だから、天恵武姫になれない事も無いと思うけど……？」

「わ、私がですか……⁉」

　レオーネが吃驚して自分自身を指差す。

「うん。処置にかかる時間は大体四、五十年くらいで、成功確率は四分の一くらいだけどね～？　お友達は今生の別れになっちゃうかもね～？」

「そ、そんなに……!?　それに失敗したらどうなるんですか……？」

「ん～。原形も保ってられないし、途中で停止して精神を別の肉体に逃がす事も出来ないから……まあ、一言で言って死ぬよね～？」

「け、結構です……！」

　ぶんぶんと首を振るレオーネ。

「そ、そんな危ない事、勧めないで下さい……！」

　ラフィニアがヴィルキン第一博士に文句を言う。

「え～？　十分可能性は高いし、時間も非現実的って程じゃないと思うけどな～？　まあ君達は献上されて来た人間とは立場が違うし、命の価値も違うんだろうね～？」

「そ、それはどう言う……!?」

　と、ラフィニアが尋ねようとした時、球体がまた声を発した。

『……付加情報。魔印と魔素出力波形の適合不正率71％。再調整を推奨』

「ん～？　へえ……じゃあせっかく来たんだし、サービスしちゃおうか～？　これはすぐ終わるし失敗も無いから、手を置いたままで、じっとしときなよ～？　オーダー。その子の魔印を破棄して再付与を実施～」

ヴィルキン第一博士の指示が下ると、レオーネが手を触れている球体が眩く輝き出す。

同時にレオーネの手の甲の魔印も輝き始めて、そして消えて行く。

「魔印が……!?」

「消えて行きますわ……！」

「落ち着きなよ、一旦消して、新しいものを刻むだけさ～」

「つまり地上にある『洗礼の箱』と同じ事を？」

「そう～。それもこいつの機能のうちの一つって事だね～」

にこにことヴィルキン第一博士が言う中、レオーネの手の甲に新しい魔印が浮かび上がり始める。

それは、レオーネのそれまでの上級印ではない。

虹色に輝く神々しい姿は――

「こ、これって……！」

「と、特級印……!?」

「す、凄い……！　凄いですわ、レオーネ……！」

間違いない。特級印である。

魔印は最初の洗礼で刻まれたものが絶対ではなく、後天的に、より強力なものに進化する事もある。

ラティの兄であるアルカードのウィンゼル王子がそうだと聞いた。

だからあり得ない話ではないが、こうして目の当たりにするのははじめてだ。

「し、信じられない……私が特級印だなんて……」

レオーネは呆気に取られて、自分の右手の甲の特級印を見つめている。

「おめでとう、レオーネ。よかったね？」

「イングリス……え、ええ……！　ありがとう！」

ラフィニア、レオーネ、リーゼロッテの中で一番訓練に精力的なのはレオーネなので、
そうなるのも自然なのかも知れない。

普段からよく訓練し、騎士アカデミーに入学して以来様々な戦いも潜り抜けている。

それらの経験が、レオーネの力を着実に伸ばしてくれたのだ。

「今度、魔印武具を山盛りいっぱい使って模擬戦しようね？　いい訓練になりそうだなあ
……」

イングリスはわくわくとした笑みを浮かべる。

普段からよく一緒に訓練しているレオーネが特級印を身に着けてくれたことは、実に喜ばしい。

レオーネと共にする訓練の強度や質もより高まるというものだ。

「お、お手柔らかにね……？　特級印になったからって、急に強くなったような感じはしないし……」

「そりゃあ、そうだろうね～？　別に力が強くなるように改造したわけじゃあないし～？　あくまで魔印との齟齬を検出して、適正なものを刻み直しただけだからね～？」

「あ、ありがとうございます……！　ヴィルキン博士……！」

レオーネは深々とヴィルキン第一博士に頭を下げる。

「いやいや～せっかく来たお客さんにサービスだよ～」

「あたしからもお礼を言います！　その顔にいい思い出がないから疑ってたけど、実はいい人なんですねっ!?」

「ははは、同じ上級魔導体を使ってても、重要なのは人格であり魂さ～。まあ、地上のお客さんに嫌われずに済んだのはよかったかな～？　風評被害だからね～」

ヴィルキン第一博士はにこにことしている。

「よかったわね、レオーネ！　おめでとう！」

「わたくし達の同学年には特級印の持ち主はおりませんでしたし、皆の代表ですわ！」

「で、でも実力的にはイングリスのほうが……」

「わたしは従騎士科だし、そういうのはレオーネのほうが相応しいと思うよ？」

特級印を持つ聖騎士、というほうが、分かりやすいのは確かである。

イングリスを外から称すると、無印者だが強い、分からないが強い、になってしまう。

甦った氷漬けの虹の王との戦いでは、諸事情から表に出て名を売る事になってしまったが、これからは別の虹の王が現れたとしても、レオーネが倒した事にしてもらうという技も使えるだろう。

下手に分かりやすく手柄を挙げると、お見合いが殺到したりして大変である。

今回は王家からの通達で無かった事にしてもらったが、状況が落ち着けば同じ事が繰り返されるかもしれない。

これを無くすためには、新しい大事件を新しい手柄で上書きしておきたい所だ。

そうすれば前に起きた事は過去のものとなり、注目はそちらに向かう。

例えば別の虹の王が現れて国が大混乱に陥ったとして、それを倒したのが表向きイングリスやラフィニアでなければ、人々の記憶も風化していくことだろう。

「……まあまあ、あたしは純粋にレオーネが凄くなるの、嬉しいわよ？　無茶はしないで欲しいけど！」

「そういう事ですわ。わたくしも追いつけるように頑張りたいと、励みになりますもの」

「……ありがとう、みんな……！　恥ずかしくないように、これからも頑張るわ」

レオーネは生真面目に表情を引き締めて頷く。

「ねえねえ、リーゼロッテもひょっとして特級印になれちゃったりするんじゃない!?」

「自信はありませんが、調べては頂きたいですわ……！」

リーゼロッテも目を輝かせる。

「もちろんさ～。じゃあ次は君ね～」

「はい……！」

リーゼロッテが近くにやってきた球体に手を触れる。

ピロンピロンピロンピロン！

今度は警報とは響きの違う別の音がした。

「……!?　な、何ですの……？」

「また故障ぅ？」

『重要情報！　重要情報！　適性レベルＳＳの被検体を発見！　直ちに捕獲、天恵武姫化処置の開始を推奨！　自動捕獲まで10、９、８、７……』

球体が激しく明滅し、リーゼロッテの近くを回り始める。

「えっ……え……!?　ど、どういう事ですの……!?　直ちに天恵武姫化って……!?」

「おおおぉぉ～すごいねえ～。適性レベルＳＳって、僕見た事ないな～♪」

ヴィルキン第一博士が嬉しそうに声を上げる。

「じ、自動捕獲がどうとかって言ってますけど……!?」

ラフィニアの言う通り、このままではリーゼロッテが強制的に捕獲されてしまうという事だろうか。

「止めて下さい……！　さもないと……！」

エリスが鋭く警告する。

「うんわかってるよ～。強制捕獲も自動実行もなしなし～！　相手はお客さんなんだからね～」

そうヴィルキン第一博士が指示すると、球体は点滅を止めて静かになった。

相手がお客さんだとヴィルキン第一博士は言うが、そうでない者ならば強制的に捕獲されて天恵武姫化されてしまうのだろうか？

客人以外となると、人狩りされて来た者や、あるいは食物などの物品の代わりに献上された人間達か――それを多数集めて一斉に適性を検査、という事は普通に行われているのかも知れない。

確かにセオドア特使は地上に対して友好的だが、国の全てに目が届くわけでもない。

また、このイルミナスと関わりがあるのが、カーラリアだけとも限らない。

そういう事は当たり前の事として行われているのだ、という事をヴィルキン第一博士の言葉は示唆しているだろう。

「ああ、びっくりしましたわ……」

リーゼロッテがふうと大きく息を吐く。

「で、どうするどうする？　聞いた通り君、すっっっっごい才能あるよ～？　適性レベルSSだから～、処置なんて下手すれば半日……いや一瞬で終わるし、成功確率も間違いなく120％～！　絶対成功は保証するからなってみな～い？　天恵武姫！」

ヴィルキン第一博士は目をキラキラさせながら、リーゼロッテに詰め寄る。

「い、いいえわたくしは……天恵武姫に見合う物品を献上するあてなどございませんし……」

「いやそれはタダでいいよ～？　取引で天恵武姫を下賜するわけじゃないし、これほどの

好適性の持ち主は見た事ないからさ～？　どうなるか見てみたいんだよねぇ～？　お礼は時々データ取りさせてくれるだけでいいからさぁ？　お願いだよ～？　ずっと今の若くて可愛いままでいられるよ～。身体能力が上がって、戦いにも強くなるし～？　ね、ね？」

ヴィルキン第一博士は引き下がらない。

「お、お話は伺いましたが、即断即決できるような話ではございませんわ……申し訳ありませんが……」

リーゼロッテは救いを求めるように、エリスのほうを振り返りながら言う。

「天上人の方と違って、地上の人間は生まれ持った自分の体を変える事には慣れていません。いくら確実に成功するとはいえ、これまでの家族や友人との関係も、これからの未来の生き方も、大幅に変えてしまう事です。その上で彼女がそれを望むなら止めはしませんが、考える時間は与えて下さい」

エリスがリーゼロッテとヴィルキン第一博士の間に入り、そう申し出る。

「そっかぁ～。う～ん仕方ないな～。でも気が向いたら僕に言ってね～？」

非常に残念そうなヴィルキン第一博士。

「エリス様……ありがとうございます」

「いいえ、気にしないで」

エリスは少し目を細めて微笑む。大人の女性の母性のようなものを感じる。

口では色々と言うし少々不愛想でもあるが、エリスは優しいのだ。

「…………」

それを見て、少々反省する。

リーゼロッテが天恵武姫になってくれたら、また訓練が充実するなあと考えた自分を。

安全にすぐになれそうと聞き、少し喜んでしまっていた。

「どうしたの、クリス？」

ラフィニアがイングリスの顔を覗き込む。

「い、いや……！　何でもないよ？」

「ほんと～？　クリスの事だから、リーゼロッテに天恵武姫になって欲しいって思ってたんでしょ……!?　また訓練が楽しくなるなぁとか言って……あたし分かってるんだから……！」

「いやいやいや、ちょっとだけ思ったかも知れないけど、ヴィルキン博士みたいにデリカシーも何も無視してはしゃいでないし、そんなに悪い事はしてないと思う……！」

「まあそれはそうだけど……！　あれはちょっとアレね、イーベルと同じで嫌な奴と思いきや、実はいい人……と思わせておいてやっぱり嫌な奴かもって思っちゃったわ……」

「しー……っ！　聞こえるよ、ラニ……！」

「元はと言えば、クリスが変なこと考えるからでしょ！」

「やれやれ、困っちゃったな～。異文化交流って難しいよね～」

まるで困ったようには見えない表情で、ヴィルキン第一博士は後ろ頭を掻いている。

「と、ともあれ……自分の適性が知れたというのは、貴重な情報でした。いずれ本当にそれが必要と判断する時が来たら、博士の下をお訪ねいたしますわ。その時はよろしくお願いいたします」

リーゼロッテはヴィルキン第一博士に丁寧にお辞儀する。

「うんうん。待ってるよ～」

そう言った後、ヴィルキン第一博士はエリスに視線を向ける。

その手元に、エリスの調査を終えた球体が近づいて行く。

「じゃあ、話を本題に戻そうか～？　天恵武姫の君……ええと、エリス君……だね～？　相当古い天恵武姫だ。殆ど初期型だよねぇ～？　おかげでデータサーチにちょっと手間取ったけど……まだ適性検査も完全に確立出来てない時代だよ～。僕が君の顔、知らないわけだよ～。僕ですら生まれる前の話だもの」

「そうですね……私の時は、適性レベルがどうなんて言う話は無かったわ」

「だろうね～。そこ開発したの僕だし～？」

「興味深い話ですね……！　それはどのくらい前の話なのですか？」

「四、五百年前…天地戦争の頃じゃないかな～？」

天地戦争。聞いた事のない言葉だ。

イングリス王が転生して、現代のイングリス・ユークスとして再び生を受ける前に、そう呼ばれる出来事があった、と。

そしてエリスは元々その頃の人間だったという事だろうか。

「えぇぇっ⁉　じゃあエリスさんって少なくとも四百歳以上って事ですか……⁉」

ラフィニアが吃驚して声を上げる。

「と、とてもそうには見えないけれど……こんなに綺麗だし……」

「天恵武姫になるのも悪くありませんわね……」

「そんなにも時間が経ってしまっていたなんて、私も今初めて聞いたけれど……ね。道理で何もかも変わってしまっていたわけだわ」

エリスは遠い目をして、少々上を見上げる。

その気持ちは、イングリスにも分からなくはない。

女神アリスティアの奇蹟により生まれ変わってみた世界は、何もかもが変わっており、イングリス王の頃の名残は何も無かった。

その事に物寂しさを感じてしまう、というのはエリスと同じだろう。

だがイングリスには前世と変わらず神騎士の霊素を操る力があった。

それ以外の事は何もかも変わってしまっていたが、前世には無かった温かい家族があり、何より孫のように可愛く目に入れても痛くないラフィニアが一緒にいてくれた。

転生して今度は己自身の武を極めたい、という願いを突き詰めていくには十分な環境である。自分はイングリス・ユークスとしての人生を心から楽しんでいる。それは間違いない。

だが、エリスはどうなのだろう。

どういう経緯かは分からないが、天恵武姫化の処置を受け、その長い時間の後に何もかもが変わってしまった地上に降り立って、天恵武姫として地上の人々の守り神として働いて――

今エリスにとって世界はどのように見え、何を思うのだろうか。

「でさ～、ここからが面白い所なんだけどさ～。エリス君って今振り返ってみると適性レベルがさ～」

「リーゼロッテと同じSSレベルとかですか？　エリスさんなんだから当然よね、あたし達の天恵武姫だもん……！」

ラフィニアが鼻息を荒くする。

「いやいや違うんだよね～。真逆だよ真逆」

「「真逆？」」

ラフィニア達が声を揃えて聞き返す。

「そう！　適性レベルF！　成功率で言えば十万分の一以下だよ～……！　こんなのほぼ確実に死んじゃうから～、今なら絶対にやらないよ～勿体ないからね。適性がないなら他の事に使った方がいいに決まってるよ～。当時は分からなかったのかも知れないけど～、こんな適性で天恵武姫化を強行するなんて、尋常じゃないね～。まるでエリス君を殺すのが目的だったようにも見えるよ～」

にこにこと嬉しそうに言うヴィルキン第一博士。

人の事を言えた義理ではないかも知れないが、中々の不謹慎さである。

「エリスさん……」

ラフィニアが気遣わしげにエリスの名を呼ぶ。

「……それで、私の元々の適性が低いから修復は出来ないと？」

エリスはまるで揺らがず、そう問い返す。

そして、ラフィニアの肩(かた)をぽんと叩(たた)く。

「大丈夫よ、あの時の私にはそれしか選択肢(せんたくし)は無かった。結果的に成功して今ここにいるのだもの。確率がどうこうは、もう意味のない話だわ。気にしないで」

「は、はい……」

ラフィニアがほっとしたような表情をする。

「そうだね～何だかんだ成功しちゃえば勝ちってところではあるだろうけど～。エリス君元々適性が低いからか、各種体組織の密度がスカスカでさ～。ホント無理やり天恵武姫(ハイラル・メナス)にしましたって感じ～。これじゃ同格の存在と打ち合った場合、強度的には見劣(みおと)りする事が避(さ)けられないかな～って」

「……！　そう、あの戦いで足を引っ張ったのは私という事ね……」

揺らがなかったエリスの表情が、少々悔(くや)しそうに歪(ゆが)む。

武公ジルドグリーヴァとのお見合いもとい手合わせで、武器化したエリスが傷ついてしまった時のことが思い出されるのだろう。

「まあスカスカだけに割と簡単に修復は出来るよね～」

「それは、どのくらいですか？」

「一月くらいあれば～、かな？」

少々長いが、十分現実的な期間である。

となるとエリスへの処置を待ってカーラリアに帰るか、一度戻ってまた出直すかは考え所である。

と、にわかにヴィルキン第一博士が目を輝かせ始める。

「でもさでもさ……！　そこを一、二年に延長して、新機能を試してみない……⁉」

「新機能……⁉」

「そう……！　エリス君、確かに無理やり作った天恵武姫で～中身スカスカで～過去の根性論の遺物って感じだけど～。そのスカスカさ、逆に活かせると思うんだよね～。災い転じて福となすって感じ～？　今となったら逆に貴重だよ～、こんな状態の天恵武姫って～」

「……褒められているのか、けなされているのか、分からないわね」

エリスはふうとため息を吐く。

「褒めてるよ～。結果的にこれまでの天恵武姫にない存在になれるかも知れないよ～。僕の研究者魂が疼くんだよね～。エリス君を見てるとさ～どうする～？」

年単位となると、かなり長い気はするが、非現実的な数字と言うわけでもない。

イングリス達は、一度騎士アカデミーに戻る事にはなるだろうが。

いずれにせよ、エリスの意思次第だろうか。

「……どう思う？」

エリスはイングリスに向かって尋ねて来る。

「……人の姿のエリスさんの強さも、今以上になるのでしょうか？」

「そこを気にするの……？」

「より強くなるには、より強度の高い訓練が何より重要ですので……！　どうでしょうか、博士？」

「どうかなあ……？　そっちも強化される可能性はあるけど、絶対ではないね～。あくまで武器化形態時の新機能だよ～」

「では、やはりエリスさんの意思が一番重要かと思いますが」

「……武器化した私の性能向上は、あなたが強くなるのと同じ意味ではないのかしら？　どちらにせよ、あなた以外に私達の使い手はいないのだから」

「確かに、わたしが適任という事に異論はありませんが……」

天恵武姫(ハイラル・メナス)最大の罠(わな)とも言うべき、使い手の生命力を削(けず)り命を奪(うば)ってしまう欠陥(けっかん)を回避(かいひ)出来るのだから。

特級印を持つ聖騎士にとって、天恵武姫(ハイラル・メナス)は命と引き換(か)えに強大な虹の王(プリズマー)を討(う)つ最終兵器である。

が、イングリスにとっては特に何の副作用も無い最強の武器という体感である。

ただし、天恵武姫(ハイラル・メナス)は意思を持ち普段は妙齢(みょうれい)の女性と何ら変わらないため、人の手を借りているようにしか思えない。

天恵武姫(ハイラル・メナス)を携(たずさ)えて戦いに臨(のぞ)む時、イングリスとしては一対一ではなく二対一で戦っていると感じるのだ。

他に手段が無ければ仕方が無いが、出来れば避けたい事態である。

己自身の武を極めたいというイングリスの信念とは違うから。

やはり戦いの華(はな)は正々堂々の一対一である。

「あ、そう言えばヴィルキン博士。せっかくですから、ついでに使い手の命を削り取る天恵武姫(ハイラル・メナス)の副作用を取り払(はら)う事はできませんか……!?　それが出来れば一番ありがたいのですが……？」

もしそれが可能であれば、レオーネやシルヴァにエリスを武器化して貰(もら)って、常に武器化した天恵武姫(ハイラル・メナス)が出来るというものだ。

「いや～それはね～技術的に難しいかな～？　天恵武姫(ハイラル・メナス)の構造上不可避(ふかひ)と言うかね～？　それにそんな事したら、流石(さすが)に技公様に粛清(しゅくせい)されちゃうよ～。このイルミナスだけでなく、天上人(ハイランダー)全体の大問題だからね～」

「そうですか……」

柔(やわ)らかくだが、完全に断られてしまった。

イングリスが天恵武姫(ハイラル・メナス)を使ってみた感想としては、技術的には必ずしも不可能でないように思うのだが。

特級印を介(かい)して魔素(マナ)を吸い上げる回路と、使用者の生命力を吸い上げて拡散する回路は別々に独立しているのだ。

だからこそイングリスが霊素(エーテル)で生命力を吸い上げる回路を塞(ふさ)いでしまっても、天恵武姫(ハイラル・メナス)は問題なく武器化した。

天恵武姫(ハイラル・メナス)の性能をただ食いする事が可能になったのだ。

血鉄鎖(けってつさ)旅団の黒仮面が、システィアを使って同じ事をしていたのを見て盗(ぬす)んだ技術だ。

「となると、ここはやはりエリスさんの意思が重要なのではと……新機能は結構ですが、エリスさんと一、二年もの間訓練できないのは痛いですし……せっかく最近ようやく、相手をして下さるようになったというのに……わたしとしては痛(いた)し痒(かゆ)しです」

「やれやれ、普通ここは国や世界のために、より強い力を求めて備えておく……みたいな事にならないのかしら？」

「わたしは、そういう事のためには戦いませんので」

イングリスはたおやかに微笑みながら、きっぱりと言う。

それは逆に大義のために力を利用する事にもなり、力を追い求める者にとっては純粋な姿勢ではない、と思うのだ。

ただし、ラフィニアの望みとあればその限りではない。

それもまた、イングリス・ユークスとしての人生である。

「まあ、あなたはそうよね……最初に会った時からそうだし。あの時から全く変わらないわね」

エリスはふうとため息を吐く。

「お褒め頂き、光栄です！」

「褒めてるわけじゃないわ」

冷静にそう言い切られた。

「……まあいいわ。ラフィニア、あなたはどう思うの？」

エリスはラフィニアに視線を向ける。

「あ、あたし……？」

「だってこの子、あなたの言う事なら何でも聞くわけだし」

「エリスさん達を使うわたしをラニが使うから、実質ラニが一番だね？」

「うーんまあそれは、それとして……あたしは新機能、賛成かな！　エリスさんと暫く会えなくなるのは寂しいけど……今度武公のジル様と戦う時にクリスに負けて貰ったら困るし……！　クリスが天上領にお嫁に行っちゃうなんて嫌だし！　やっぱりクリスはあたし達のユミルで、将来の侯爵夫人よね……！」

「いや、わたしは結婚する気はないんだけど……」

「勿論、もっと強い敵が現れた時の備えにもなるし……だから賛成！」

「ならわたしも賛成です！」

「……そう。私もそれに賛成よ。強い力があるに越したことはない……セオドア特使に報告して許可を取った上で、そうしましょう」

　エリスが年単位で不在となれば、カーラリアや特に聖騎士団の活動には影響が大きいだろう。報告して承認を得ておくことは必要だろう。

　聖騎士団ではないが新しくアルをカーラリアに迎えている事を考えると、恐らくは認められるだろうが。

「ヴィルキン博士、聞いての通りです。あなたの言う新機能……私に組み込んで下さい」

「おっけ～！　いや～久しぶりに面白くなりそうだね～。ささ、じゃあ早く許可を貰っておいでよ～。こっちも準備するからさ～！」

ヴィルキン第一博士が嬉しそうに椅子から立ち上がる。

その後ろ姿に、イングリスは声をかける。

「ヴィルキン博士。済みませんもう一つ……」

「ん～何だい～？」

「その前にお聞きしたいのですが……その、ここでのお話は、上の方は聞いておられるのでしょうか？」

セオドア特使に託されたもう一つの任務、リンちゃんこと魔石獣化したセイリーンの事だ。

「上……？　僕の上って言ったら、このイルミナス本島では技公様だけさ～。今は君達も見ての通り、『浮遊魔法陣』の不具合で海に落ちて沈黙しちゃってるから、聞きようもないと思うよ～？」

「ええ、皆さんが大騒ぎになっているのは見て来ましたが……技公様が沈黙されているというのは？」

今一つ、ヴィルキン第一博士の言う事の真意が掴めない。

「つまり、このイルミナス本島が、技公様そのものだってことさ～。正確にはイルミナスの各種制御を担うシステム中枢～。色々自動化されててとっても便利でしょ～、このイルミナスって～。自動的に戦艦（せんかん）が組み立てられてたり、言ったら扉（とびら）が開いたり、機甲鳥（フライギア）が好きな所に運んでくれたりするでしょ～？　それみんな、技公様が一つ一つ判断して処理してくれてるんだよ～。肉を捨ててシステムの中枢になって、僕達（ぼくたち）を導いて下さってるんだね～」

「なるほど……確かに凄（すさ）まじく進んだ技術だと思いましたが、そういう……」

つまりこの高度に発展したイルミナスという天上領（ハイランド）は、技公という一人の最高級の天上人（ハイランダー）を中枢として組み込んで成り立つ天上領（ハイランド）である、という事のようだ。

武公ジルドグリーヴァの話によると、人格を有し意思疎通（そつう）も可能なようだが、今は『浮遊魔法陣』に何らかの障害があり、それが出来ない状態のようだ。

だから皆大騒（みなおおさわ）ぎになっているのだ。

ヴィルキン第一博士はどこ吹（ふ）く風（かぜ）、という感じで飄々（ひょうひょう）としているが。

ともあれ聞かれる事がないというのであれば、好都合ではある。

「……そうですか、ならば好都合です。実は内密にご相談したい事が……」

イングリスはそう言いながら、レオーネに目くばせをして促（うなが）した。

「ええ……リンちゃん、リンちゃん出て来て……！」

いつもながらリンちゃんが身を隠（かく）すのはイングリスかレオーネの胸元（むなもと）である。

ふるふるっ！

「もぉ……！　だ、ダメリンちゃん、そんなに暴れないで……！　ひゃんっ⁉」

今はイングリスが子供の姿な分、レオーネが一手にその役割を引き受けているのだ。

翌日、イングリス達はヴィルキン第一博士に案内されて、中央研究所の地下階層に案内されていた。

そこに、天恵武姫（ハイラル・メナス）を生み出す施設（しせつ）があるらしい。

これからエリスがそこに入り処置が開始されるので、見送りに来させてもらったのだ。

一度処置が始まれば、一、二年は会えなくなるとの事なので、かなり名残惜（なごりお）しくはある。

ここの施設を使用してセオドア特使に連絡（れんらく）を取った所、やはりエリスの希望通りヴィルキン第一博士の言う新機能を組み込む事になったのだ。

それに、ある意味天上領（ハイランド）の中核技術（ちゅうかくぎじゅつ）の一つとも言える天恵武姫（ハイラル・メナス）を生む施設がどんなものであるか、見ておきたいというのもある。

「ほら～あれだよ～。あれが天恵武姫（ハイラル・メナス）製造施設さ～」

広大な、自然の岩石が剥き出しの地下空間。

このイルミナス本島がどこの大地から切り取られて来たものかは知らないが、その頃の名残のものだろうか。

そしてそこには、たった一つだけの構造物がある。

「な、何あれ……!?」

「凄く大きな、石の箱……？」

「まるで石棺のようでもありますわね……」

見上げる程に巨大な、石の棺。

言葉で表せば、そのようなものになるだろうか。

この広大な地下空間の中にも、かなりの存在感を以て鎮座している。

「不思議な光ね……ゆらゆらしてて」

石棺の表面には、レオーネの言う通り淡く不安定な輝きが漂っている。

「でも何か落ち着くって言うか、懐かしいような気もするわね～」

「儚げで、美しいですわ」

「………」

イングリスは黙って、ラフィニア達の言葉を聞いていた。

黙るだけの理由があった。

見覚えがあったからだ。前世のイングリス王の記憶として。

「あれは『グレイフリールの石棺』って言ってね～。エリス君にはあの中に入って貰って、修復と改造を行う事になるよ～」

「また、あれに入る事になるとはね。もう見たくないはずだったけれど……」

エリスはふうとため息を吐く。

普段はあまりしない、肩にかかった髪をかき上げる仕草。

少々緊張しているのが見て取れる。

「……いや――」

違う。

グレイフリールというのが人名なのか何を指すのかは分からない。

が、本来のあれは天恵武姫を作るものではない。

（あれは『狭間の岩戸』……！　まさかここで目にするとは……！）

驚きを禁じ得ない。

あれは、古い神が造り出した訓練場だ。

女神アリスティアは、狭間の岩戸と呼んでいた。

前世のイングリス王が、シルヴェール王国を建国する前、女神アリスティアの加護を与えられ神騎士になったばかりの頃、そこを訪れた事がある。

神騎士になったからとて、すぐに霊素を自由自在に操れるわけではない。霊素弾や霊素殻を身に着けるだけでも、何年もの修行が必要だった。

だが当時は乱世。人同士が争い、魔物や魔神が跋扈し、ひどい有様だった。神騎士になったイングリス青年が、何年も悠長に修行をしていられる情勢ではなかったのである。

そこで女神アリスティアは、イングリス青年を狭間の岩戸に導いた。

狭間の岩戸は世界において不安定な存在で、その位置も安定せず転移を繰り返し、内部においては時間の流れが外部と隔絶されている。

外から見ると完全に密封されて、出入り口の無い岩の箱だが、神やそれに準じる神騎士ならば入り口を開くことが出来た。

そして一度中に入って出入り口を閉じると、内側から開く事は不可能。

外から出口を開いて貰って、脱出するしかないという代物だ。

イングリス青年はここに籠り、霊素を操れるようになるべく修練をした。基本的な霊素の戦技を体感数年でようやく身に着け、その後女神アリスティアの手によって外から開けて貰うと、外の世界では数日しか経っていなかった。

　若き青年の日の思い出である。

　イングリス王も是非もう一度訪れてみたいとは思っていたが、自身の立場と世界の情勢がそれを許さず、亡くなるまでその機会には恵まれなかった。

　今となっては、自分の体感時間としては中に入っていても別に変わらず、その分歳は取ってしまうため、必ずしもイングリスにとって必須の施設ではないが。

　これは目の前に巨大な危機が迫っており、こちら側としては短い時間で一気に強くなりたいという場合や、忙しい時間の僅かな隙間でも充実した修行をしたい、というように、時間が無い人間向けの修行場である。

　立場を身軽にしたイングリス・ユークスにとっての優先度は高くない。

「不思議な輝きでしょ～？　あれ何で光ってるか分からないんだよね～？」

「天上領の技術でも……ですか」

「凄いですわね……」

　レオーネとリーゼロッテがヴィルキン第一博士に応じる。

　魔素の界面で分析すれば、確かにそうだろう。

　巨大な石棺を包むあの仄かな光は、霊素の輝きだ。

あの石自体が、ただの石ではなく神が生み出した神器のようなものだ。

それを不安定な場所から切り離して固定し、今ここに。

どうやって？　何が起きてこうなって、天恵武姫の生産施設として転用されているのか？

だが神竜フフェイルベインと言い、この狭間の岩戸と言い、近頃はイングリス王が見聞したものをよく目にするものだ。

「クリス……？　どうしたの？」

「い、いや何でもないよ……！」

「……また何か良からぬ事を企んでたんじゃないでしょうね？」

「いや、大丈夫だよ、何も企んでないよ……あっ」

ふと一つ、思いついた事がある。

結構いい思い付きだ。イングリス達の今の状況を改善するような──

「何？　どうしたの？」

「いや……ちょっと中、入ってみたいなぁって」

「ちょっと！　やっぱり良からぬ事企んでるじゃない……！」

それが聞こえていたのか、ヴィルキン第一博士が苦笑する。

「いや～、流石にそれは許可できないな～。入るのはエリス君だけにしてくれないと～。

異物混入して中で何かあったら～次代の天恵武姫も作れなくなるかも知れなくて～世界のピンチ！　ってなるかもだからね～？」

「はい、ごめんなさい……！　ちゃーんと掴まえておきますから！」

ラフィニアがイングリスを持ち上げてぎゅっと抱きしめる。

イングリスは母猫に持ち運ばれる子猫のような姿勢で連れて行かれる。

「よろしくたのむよ～？」

ヴィルキン第一博士がにっこりと微笑んでいる。

まあ流石に、内部の立ち入りは許可されないだろうとは思った。

無理に強行してこちらの天上領と敵対するのもよろしくない。

今のイングリス達の行動は、地上のカーラリアという国の行動と見做されてしまう。

いずれ機会があれば、と言った所だ。

機会が来る頃には、そもそも内部に入る事が不要になっている可能性もあるが。

と、話している間に、イングリス達は巨大な石棺のすぐ手前にやって来た。

「目の前まで来たはいいですが……入り口がありませんわね……？」

「ああ、これはね～管理者たる資格があれば～入り口を開くことが出来るんだよ～？　見ててね～？」

ヴィルキン第一博士が右手の白い手袋（てぶくろ）を取り、石棺の表面に手を触（ふ）れさせる。

「……！」

その手自体に、違和感（いわかん）を覚える。

ヴィルキン第一博士の外見は、教主連合の大戦将（アークロード）イーベルと酷似（こくじ）している。

上級魔導体（ハイマナコート）と博士は呼んでいたが、少年の身体だ。

だが露（あらわ）になった右手は、華奢（きゃしゃ）な少年のものではなく、しっかりした成人男性のそれだった。手だけが一回り大きく、それが違和感を醸（かも）し出しているのだ。

そしてその大人の右手は、ほんのりと光に包まれている。

狭間の岩戸と同種のものだ。つまり、遊離（ゆうり）する霊素（エーテル）である。

となるとあの手は、神あるいはそれに準じる神騎士（デイバインナイト）の体の一部。それを切り取って上級（ハイ）魔導体（マナコート）に移植した、というように見える。

現在のこの世界には、神の気配を感じない。

神騎士（デイバインナイト）も、イングリス自身と血鉄鎖旅団の黒仮面以外には見当たらない。

その理由は、天上領（ハイランド）や天上人（ハイランダー）の仕業（しわざ）なのだろうか？

彼等（かれら）が神や神騎士（デイバインナイト）を滅（ほろ）ぼして、こうして利用している、と？

「ふふふっ……」

イングリスの頬が思わず緩む。たおやかに、花のような可愛らしさで。

もし天上領が神や神騎士を滅ぼしたのなら、それに足る力があるはず。武公ジルドグリーヴァならば、確かにイングリス以下の力の神や神騎士を討ち滅ぼす事は可能だろう。

だが、全ての神や神騎士を滅ぼせるかというと、そうではないだろう。

勢力としての総合力で上回るとなれば、つまり、武公ジルドグリーヴァの他にもまだまだ彼に匹敵、あるいは上回るような戦力があるに違いない。

それを炙り出して戦っていくのは、何とも楽しそうだ。

まだまだこの世界には不思議と楽しみが一杯である。夢がある。

「ん～？　どうかしたか～い？」

「いいえ……中々いいご趣味をしていらっしゃいますね？」

「そうだよね～？　ぽわっと輝いて綺麗だよね～？」

にこにこと言うヴィルキン第一博士。

石棺の外壁に触れた部分から渦を巻くように霊素の文様が広がり、それがそのまま渦を巻くように、外壁をくり貫いて穴を穿って行く。

「穴が開いた……！　すごーい……！」

「こんな分厚い岩なのに……」

「この中に天恵武姫(ハイラル・メナス)になれる設備がございますの……？」

石棺の石壁(いしかべ)は分厚くて、奥(おく)まではよく見えない。

何か沢山(たくさん)の円柱のようなものの影(かげ)だけは見えるが。

「おっと、ここから先は僕とエリス君だけでね～？　君達はここで待っててくれる～？

何か事故ったらまずいから～。一度入り口が閉じちゃうと、中からは開けられないんだよね～これ。下手したら干乾(ひから)びるまで出られなかったりするから～」

「う……っ？」

「干乾びるまで……!?」

ラフィニアとレオーネの顔が引きつる。

「中にさぁ～、ミスって出られなくなった白骨死体とか転がってたりね～？」

「お、穏(おだ)やかではありませんわね……」

リーゼロッテも同じくだった。

「入り口が開いてる間は外部と繋(つな)がってるけど～、閉じちゃうと中は完全に外界から隔絶された別空間……時間の流れすら全然違うんだよね～。だから間違(まちが)って閉(と)じ込められたりすると～こっちの時間ではあっという間でも、中では白骨化しちゃったりね～」

「え、え～とじゃあこっちの時間が……で、中が……」

「外に比べて中は凄い時間の速さだ、という事ですね……」

「ええ。レオーネの言う通りですわね」

「そうそう、そうね！」

ラフィニアがこくこく頷いている。

「ラニ……？　ちゃんと分ってる？」

「わ、分かってるわよ！」

保護者代わりとしては、そうであることを願いたい。周囲の会話についていける知性を備えておいて欲しいものだ。

ラフィニアももう16歳なのだから。

「そうそう～天恵武姫って言うのは長くて地道な作業でもあるからね～そう言う場所で処置しないと、待ってるこっちの寿命が尽きるくらいにね～？　使う側が死んでも完成しない兵器とか、さすがに待ってられないでしょ～？」

「……なるほど、通常であれば遠大で時間の掛かり過ぎる魔術的処置が、この石棺の中であれば実用に足る水準で利用出来る……という事ですね」

魔術的処置の詳細は分からないが、狭間の岩戸の上手い利用方法かも知れない。

女神アリスティアをはじめとする神々は、これを訓練場と見做していた。

が、そうでない利用法を編み出した者がいるという事だ。

明らかに神々のそれとは違う発想である。

どんな魔術的な処置がされるかも見学してみたいが、それは難しいようである。

詳しく見ることが出来れば、後学のためになりそうなのだが。

「そうだね～。この石棺自体が凄く貴重なんだよ～。僕達の技術でも新たに生み出す事の出来ない、旧時代の遺物だよ～？　管理者以外でこれを無理やりこじ開けられる者なんて未だかっていないし～。僕ら天上人の魔術や、魔印武具による簡易的な異空間なんかとは次元が違ってて～。ある意味この中は、完全に独立した別世界なんだよね～」

「ちなみに石棺はこれひとつしかないのですか？」

「いや？　これひとつだけじゃないけど……って何処にいくつあるかは流石に秘密かな？」

「そうですか」

ヴィルキン第一博士の話から予測するに、教主連側にも少なくとも石棺がひとつあるという事だろう。

エリスは三大公派、リップルやアルルは教主連合と、二大勢力がそれぞれに天恵武姫を生み出して地上に下賜しているようだから。

「さ、解説はここまでで～。行こうか、エリス君～」

「ええ……じゃああなた達、私がいない間リップルの事をよろしく頼むわね。アルルやラファエルや、カーラリアの国の事も……」

エリスはイングリス達を振り向いて、そう呼びかける。

「はい、分かりましたエリスさん！」

ラフィニアが真っ先に、はっきりと元気よく返事をする。

「全力を尽くします、エリス様……！」

「どうかご安心なさって下さい……！」

レオーネとリーゼロッテも、背筋を正してそう答える。

一番しょんぼりしているのは、イングリスである。

「はあ……仕方のない事とは言え、やはりエリスさんと一、二年も手合わせできないのは重大な機会の損失ですね。ああ、勿体ない……」

「やれやれ……あなた本っ当にそればかりね。まあ、無事に戻ったらその分訓練に付き合ってあげるわよ。だからそういう顔はしないで頂戴。気になるから」

エリスは困ったような顔をして、ラフィニアに抱っこされているイングリスを見る。

「エリスさん、子供好きですもんね。はい、どうぞ……！」

と、ラフィニアが笑顔でイングリスを差し出す。

「流石に一、二年経ったら元に戻ってると思いますし、最後にだっこでも！」

「え、ええ……ありがとう」

微笑んでイングリスを受け取るエリスだった。

「約束ですよ、エリスさん……！　戻ったら暫く訓練できない分、たくさん訓練して下さいね……!?」

「はいはい、分かっているわよ。あなたこそ、更に腕を上げておくように……ね？　まあ言わなくてもそうするだろうけど」

エリスにぎゅっと抱きしめられると、母セレーナともラフィニアともまた別の、高貴な花のような香りがする。

「……行って来るわ。元気でね、あなた達」

少し間を置いて、エリスはイングリスを下ろすと颯爽と身を翻す。

ヴィルキン第一博士と並び、その姿が狭間の岩戸改め、グレイフリールの石棺の奥へ。

「「「はい……！」」」

イングリス達は強く頷いて、その後ろ姿を見送る他は無かった。

第3章 ◆ 16歳のイングリス　絶海の天上領　その3

それから数日――

イングリス達は絶海の孤島（ことう）と化した天上領（ハイランド）、イルミナスの端（はし）っこの海岸に来ていた。

海岸と言っても、普段（ふだん）は遥（はる）か天空の彼方（かなた）を移動している天上領（ハイランド）にとっては、そうなってしまっているのは不本意極（きわ）まりないだろうが。

着水した端っこのほうの飛空戦艦の発着場が、ちょうど海の桟橋（さんばし）のようになっていて、海遊びには持って来いなのである。

「よーし！　行け～！　レオーネ！」

「頑張（がんば）って下さい、レオーネ！」

「や、やってみるわね……！」

と言い合っているラフィニア達は、三人とも水着姿である。

当然、ここに来る前はこんな事態は想定していなかった。

海遊びをしようと言い出したラフィニアが、全員分の水着を作ったのだ。

イングリスも勿論、子供用の水着を作って貰っていた。

水面に映る自分の姿は、まるで天使のように可愛らしい。

思わず暫く水面とにらめっこしてしまったが、こうも思ってしまうのだ。

普段の大人の姿での水着姿も見てみたかった、と。

さぞかし華やかで艶めかしく、瑞々しい果実のような肢体は、とても見応えがあっただろう。

せっかくの海ならば、大人の身体の大人の魅力を、自分自身で楽しみたいではないか。

その点は、残念であると言わざるを得ない。

一応、いつ大人の身体に戻ってもいいように、大人用の水着も用意して貰ったが。

「ほらほら、クリスもレオーネを応援してあげてよ！」

そう言うラフィニアの腕の中に、リンちゃんがいた。

リンちゃんを元に戻せるか、所見を貰って来て欲しいとのセオドア特使の指令だったが、技公のシステムから独立した天恵武姫の対応とは違い、現状では詳しく調査が出来ないため何とも出来ないと言われてしまったのだ。

エリスだけの事なら、年単位で時間がかかるとの事なので、一旦イングリス達は騎士アカデミーに戻るところだろう。

イングリス達が天上領（ハイランド）に出発した直後にアルカードに向かったはずの封魔騎士団（ふうまきしだん）の動向も気になる。必要ならば合流する事も考えねばならない。

だが、リンちゃんの事があるため、現在のイルミナスの不具合が解消され正常に戻るのを待ち、改めてヴィルキン第一博士の所見を得る事にしたのだ。

ゆえにこうして海遊びをしたりしながら、待機をしている。

一応、魔石獣が現れた時の迎撃（げいげき）に手を貸すという約束で、暫くの滞在（たいざい）を認めて貰った。

技公が沈黙（ちんもく）中のイルミナスでは、予備の動力で凌（しの）いでいるらしい。

が、その影響（えいきょう）で虹の雨（プリズムフロウ）に対する降雨予報や、防御（ぼうぎょ）結界が機能しない状態になっており、しかも移動が出来ない。

かなり防御力の低下した危険な状態であり、イングリス達の協力は助かるとヴィルマも言っていた。

それはそうと、レオーネである。

水着姿でイングリス以上に豊かな胸元を惜（お）しげもなく晒（さら）したレオーネは、健康的な魅力に満ち溢（あふ）れているが、今はそれが重要なのではない。

右手にいつもの黒い大剣（たいけん）の魔印武具（アーティファクト）。

左手にはラフィニアの魔印武具（アーティファクト）である光の雨（シャイニーフロウ）。

そして背にリーゼロッテの斧槍(ハルバード)の魔印武具(アーティファクト)。

三人分の魔印武具(アーティファクト)を携えているのだった。

「大丈夫。今のレオーネなら全部使えるはずだよ。頑張ってね？」

ヴィルキン第一博士の手によって、刻み直してもらった特級印。

虹色(にじいろ)の輝きは、今もレオーネの右手の甲(こう)で淡く輝いている。

特級印を持つ者は武器化した天恵武姫(ハイラル・メナス)を振るう事だけでなく、その他全ての魔印武具(アーティファクト)を扱(あつか)うことが出来る。

三人の魔印武具(アーティファクト)を全て使う事も出来るはずだ。

海水浴のついでに、それを実験しようという事である。

「ええ……やってみるわ……！」

凛(りん)と表情を引き締(し)めるレオーネ。

そんな顔をするような恰好(かっこう)ではないが。

「……翼(つばさ)よっ！」

レオーネの背に、純白の翼が現れる。

それが力強く羽ばたいて、レオーネの姿を宙に運んだ。

「きゃ……っ⁉」

初めて使う奇蹟（ギフト）ゆえか、少々空中でバランスを崩（くず）しているが、大きな問題はないだろう。

「こう……？　こうね……!?」

すぐに慣れて、飛行の機動が安定する。

そこでレオーネはぴたりと静止し、今度は光の雨（シャイニーフロウ）を引き絞（しぼ）る。

「光の矢……！　ラフィニアみたいに細かくは狙（ねら）えないけど……！　とにかく乱れ撃（う）てば……！」

レオーネは高い空中から水面に向け、弓を強く引き絞る。

手の中に生まれた矢はどんどん大きさと太さを増し、膨（ふく）れ上がって行く。

そして大きな太い光の矢を放った直後に、高らかに叫（さけ）ぶ。

「弾（はじ）けてっ！」

その号令で、光の矢が細かく分裂（ぶんれつ）して、尾（お）を引く無数の光になる。

ラフィニアの魔印武具（アーティファクト）の扱いを、結構再現できているように見える。

ラフィニアの場合は更に、分裂した矢の軌道（きどう）を操（あやつ）り、牽制（けんせい）や陽動など変則的な動きにも対応させる制御力を持っているが。

レオーネが放って拡散した光が、海面に突（つ）き刺（さ）さって無数の水飛沫（みずしぶき）を立てる。

けたたましく響（ひび）く水音が収まって、数秒。

水面にぷかぷかと、何かが浮き上がって来た。

それはかなりの数の魚である。

レオーネは空中から水中の魚影を探し、光の雨の光の矢を雨霰と打ち込んだのである。

特級印の訓練兼、食料確保である。

「やった大漁……！　完璧じゃない、レオーネ！」

「お見事ですわよ！」

「ありがとう、特級印って本当に魔印武具が全部使えるのね。すごいわ……！　おっと、早く魚を引き上げないと……！」

レオーネは水面ギリギリまで降りて行き、黒い大剣の刀身をかなり幅広く、長く伸ばす。

そしてその幅広の刀身で、水に浮かんだ魚を掬い上げ、確保して行く。

戻って来るとその数は、二十近くになっていた。

「わぁ！　美味しそう！　獲れたての海の真ん中のお魚っ♪」

ラフィニアがわくわくと瞳を輝かせている。

「海の魚ってあんまり食べないから、楽しみだね？」

「うんうん。ユミルは内陸だし、王都も湖と川で海には遠いから。海のお魚ってやっぱりしょっぱいのかな？　塩の水の中にいるんだしね？」

「いや、そこまで変わらないとは思いますが……」

と、リーゼロッテが言う。

「ああ、リーゼロッテの地元（シアロト）は西海岸沿いだったね？」

イングリスの言葉にリーゼロッテは頷く。

「ええ。このお魚も、地元（シアロト）ではよく水揚（みずあ）げされているものですのよ。ただ、こんな海の真ん中だからでしょうか、かなり活（い）きもいいし大きいですわね。美味しそうですわ」

「とにかく、ラニ。火を起こして焼こう？」

「おー！　焼くわよ！　あ、レオーネはもっと獲って来てね？　これだけじゃ足りないから！」

「あ、これでも足りないのね……あははは……」

「ここらのお魚が全滅（ぜんめつ）しないか、心配ですわねぇ……」

「大丈夫よ、海はこんなに広くて大きいんだから、あたし達を優（やさ）しく包み込んでくれるのよ……！」

「そうだね……王都のボルト湖だと、お魚を獲り過ぎると漁師さんから苦情が来たし……ここなら獲り放題だよ！」

「うーん、シアロトで獲る分が、無くならなければいいですけれど……」

ここは位置的に言うと、カーラリアの西海岸から外洋に進んだ、大海原の真ん中だ。

移動の途中では、リーゼロッテの出身のアールシア公爵領や、シアロトの街の上空を通過して来た。

「ほら、ラニ。火を起こしたよ？」

「よーし串刺し串刺し～♪」

イングリスとラフィニアとリーゼロッテが魚を焼き、レオーネが追加の魚を獲って。

暫くすると、海岸には魚の焼ける美味しそうな匂いが充満していた。

ただ、澄み切った青い空の下、これも澄み切った青い海に囲まれた白亜の大都市という最高に開放的な光景にも、街中のほうは静まり返っていた。

住民の天上人達も、地上の街の部分には出て来ず、殆どが地下部分の避難施設にいるらしい。

急な虹の雨や魔石獣の襲来に備えるためだ。

もし天上人が虹の雨を浴びてしまったら、ただでは済まないのである。

こちらとしてはそれはそれで、この広大な場所を貸し切りにしているような特別感があるが。

「頂きま～す！」

「ラニ。そんなにいっぱい串を持ったら逆に食べ辛いよ？」

「だって逃げちゃわないか心配だし！」

ばくっ！　ばくっ！　ばくっ！　ばくばくばくっ！

そんなイングリスのお小言はどこ吹く風。

ラフィニアが両手の指に三本ずつ持った串に刺さる魚が、あっという間に身を失って頭と骨だけになって行く。

「にゃいにゃい、しゅーしゅっれあららにょしゅーしゅをおりょしょうっれにょひゃわりゃっれるんりゃら……！（大体、そう言ってあたしのペースを落とそうってのは分かってるんだから……！）」

「いにゃ、しょんなによろしにゃいひょ……！（いや、そんな事しないよ……！）」

イングリスも負けじと、両手に二本ずつ魚の串を持っていた。

やはり体の小ささから、いつもは互角の食べる速度が、ラフィニアに比べて見劣りしてしまうが。

それでもあっという間に、小山のような魚の骨の山が出来て行った。

「「レオーネ！　おかわり！」」

にっこり笑顔で、そう要求する。

「はいはい。分かったわ、また獲って来るわね……」

ため息をつく水着姿のレオーネの胸元（むなもと）に、リンちゃんが――いなかった。

「あれ？　レオーネ、リンちゃんは？」

「え？　あれ……？　いないわ、どこに行ったのかしら？」

「さ、さあ？　わたくしにも……」

「あ、あそこ」

イングリスは後ろを指差す。

レオーネの胸元からいつの間にか抜け出していたリンちゃんは、近くの小屋の物陰（ものかげ）に滑（すべ）り込んで行こうとしていた。

「リンちゃん……！　どこ行くの……？」

ラフィニアがそう呼びかけた直後――

「うわわわっ……!?　な、なんだこいつ……っ!?」

驚いたような少年の声が、響いて来た。

「……!?　誰（だれ）かいるの……!?」

イングリス達がそちらに向かうと、額に聖痕（せいこん）を持つ人の姿があった。

「……天上人（ハイランダー）の男の子……？」

ラフィニアの言う通りだった。

外見の年齢はアリーナと同じくらい。

十歳ほどだろうか？　今のイングリスよりは年上のように見える。

淡い藍色の髪の、利発そうな顔つきの少年だった。

「こ、こんにちは……」

敵意はないようで、向こうから挨拶をしてきてくれた。

少々警戒気味なのは、止むを得ない所だろう。

そんな相手を、愛想のいいラフィニアが歓迎しないはずがなかった。

「こんにちは！　あたしはラフィニアよ！　これ、食べる？」

満面の笑みで、魚の串を差し出す。

「……ラニ、それもう骨だけで身が残ってないよ？」

「ああっ⁉　しまった……！　ええと、じゃあこっち……！」

「それも骨だけだよ……？　っていうか全部骨だけだよ？」

だからレオーネにお代わりを要求したばかりではないか。

「ああん、もう……！　ちょっと待っててね、ええと……お名前は？　何くん？」

「ま、マイス……です」

マイス少年は少々気圧され気味にだが、ラフィニアの笑顔に笑顔で返事をした。

そして、暫く経って──

「美味しい……！」

顔を輝かせるマイスの手元には、再びレオーネに獲って貰った魚の串が握られていた。

「うんうん、美味しいわよね～♪ やっぱ獲れたてが一番よ、お魚は！」

「それに、魚って本当にこんな美しい姿をしてるんだね。絵や本の知識でしか知らなかったけれど……」

「え？ お魚食べた事ないの？」

マイスの感想にきょとんとするラフィニア。

「食べた事はあるけれど、天上領で僕達が目にするのは、料理された後のものだから……」

「そういえば、何回か食べさせて貰ったけど、出て来るお魚は全部切り身だったね？ 骨も取ってあったよ」

と、イングリスは天上領での食事の事を思い出す。

「うん、そうなんだ……！ だから、知識では魚はこの姿だけど、本当は切り身が海を泳いでるんじゃないかって、ちょっと疑ってて……でも違った、本物はとっても綺麗で美味しいよ！」

魚を食べて緊張がほぐれて来たのか、マイスは屈託のない笑みを浮かべる。

「うんうん、そうよね！　いっぱい食べていっぱい大きくなるのよ、マイスくん！」

「はいどうぞマイス君、おかわりだよ？」

言いながら、イングリスとラフィニアはマイスの数倍の速度で魚を骨にして行く。

「ははは……二人みたいには無理だけど……知らなかったなあ、地上の人って物凄くたくさん食べるんだね……」

イングリスからお代わりの串を手渡されつつ、マイスは引き攣った笑みを浮かべる。

「いやそれは誤解だから！　この二人が特別なのよ？」

「そ、そうですわ……！　そこはお間違えなきように……！」

「そ、そうなんだね。地上の人に会ったのは初めてだから、これが普通なのかと……」

「……私達も一緒で良かったわね」

「ええ、認識が歪んでしまう所でしたわね……」

レオーネとリーゼロッテはほっと胸を撫で下ろすのだが、マイスは少し残念そうだ。

「そうかあ、本でも学校でも教えて貰ってない発見だって思ったんだけど、違うのかあ」

「ほひょろれみゃいろひゅぬ、りょろしゅれほほへにゃるろ？（ところでマイスくん、どうしてここにいたの？）」

口をもぐもぐさせながら、ラフィニアがマイスに尋ねる。

少々お行儀が悪いかも知れない。年上のお姉さんとしてはどうなのだろう。

「え、ええと……？」

「ラニは、ところでマイスくん、どうしてここにいたの？　って言ってます」

「すごい……！　地上の人は口いっぱいに物を頬張りながらでも話が出来るんだ……！」

「いやそれも誤解だから……！　そんなのこの二人だけだから！」

「もう、お二人ともちゃんとなさって……！　マイスさんに悪影響ですわよ」

リーゼロッテからお小言が飛ぶ。

「ひゃい……！　ん～……んっく。ごめんごめん、つい美味しくって」

「……わたしは別に悪いことしてないのに」

まとめて注意された。

「まあまあ、あたしとクリスの仲だから、いいじゃない」

頭をぽんぽんと撫でられて誤魔化された。

「うん、そうだね。ラニ」

イングリスとしては、自分はラフィニアの保護者でもある。

ラフィニアの行動に関する諸々の事は、甘んじて受け入れるのである。

「で、そこんとこどうなの、マイスくん？」

「天上人(ハイランダー)の住民の人達は、みんな地下に避難(ひなん)してるって話だったわね？」

「ええ、レオーネの言う通りですわ。虹の雨(プリズムフロウ)の予知や防御が出来ないから危険だと……ひょっとして、勝手に出て来たのですか？」

「う、うん実は……いつか地上をこの目で見てみたかったから……！　イルミナスが海に落ちただけだから、純粋(じゅんすい)な地上の国とは違うけど、それでもどうしても見てみたくて……！　でも同じイルミナスの街なのに、普段と全然見え方も匂いも違う……！　世界って広いんだね……！」

　知的好奇心(こうきしん)が満たされて、とても興奮気味のマイスだった。

「ははは……楽しそうなのはいいけど、勝手に出て来ちゃったのはまずいんじゃないかなあ？」

　ラフィニアの指摘(してき)に、マイスは少々目を伏(ふ)せる。

「そうだね、後で怒(おこ)られると思う。けど、どうせ怒られるのならもう少しだけ見逃(みのが)して下さい……！　もう少ししたら必ず帰るから……！」

「仕方ないなあ、もう少しだけよ？　あと、あんまりあたし達から離(はな)れないでね？」

「ありがとう、ラフィニアさん！」

マイスはぱっと顔を輝かせる。

「ラフィニア、そんな簡単に……他の天上人達が避難しているのは、それだけの必要があるからだと思うけど……？」

「そうですわ、何かがあってからでは……」

「だから、よ。あたし達がついていてあげた方が安全でしょ？　一番危ないのは虹の雨だろうけど、あたし達は浴びても平気だから守ってあげられるわ。いざとなったら体を張って、覆い被さってあげればいいんだから」

まあそこまでせずとも、例えばレオーネの黒い大剣の魔印武具を大きくして傘にしたり、色々手はあるだろう。

問題はそれをする側が虹の雨を浴びかねないという事だが、自分達なら浴びても平気だ。

「それに、天上人の子ともう少し話してみたいと思わない？　せっかくマイスくんも、もっとあたし達といたいって言ってくれてるんだし」

「いや、マイス君はそうは言ってないと思うよ、ラニ」

「もちろん、一緒にいていいならいるよ！　地上の人と話せるなんてすごく貴重だよ。ねえ、地上の女の人って、みんなラフィニアさんやレオーネさんやリーゼロッテさんみたいに綺麗なの？」

屈託ないマイスの問いかけには、特に裏のようなものは見受けられない。

「え？　やだ～マイスくんったら、お世辞が上手なんだから～♪」

ばしばしマイスの背中を叩(たた)くものだから、少々むせてしまっている。

「……まあ、そうね。もう少しだけなら」

「そうですわね……異なる文化の方とお話をするのは、確かに良い経験ですわ」

レオーネとリーゼロッテも、実はそんなに悪い気はしていないそうである。

ラフィニアに賛成する方向に傾(かたむ)いている。

「っていうかマイス君って、地上の人見た事ないんだ？　ここにはいないの？」

天上領(ハイランド)には、地上から連れて来られて奴隷(どれい)にされる人達がいると聞くのだが、マイスはそれらの人間を見た事が無いのだろうか？

ヴィルキン第一博士のいた中央研究所には、確かに地上の人間はいなかった。

そこは天上人(ハイランダー)達の中でも特に優秀(ゆうしゅう)な研究者が集まる特別な場所だから、と考えると合点(がてん)は行くが、一般(いっぱん)の場所にもいないのだろうか。

「昔はいたって聞くよ。だけどそれは良くない事だから、会った事が無くて良かったんだと思う……」

マイスの表情が、少し沈(しず)んだような雰囲気(ふんいき)になる。

「どういう事、マイスくん？」

「それは……」

「奴隷として、酷い扱いだったから……だよね？」

言い辛そうなマイスの代わりに、イングリスが先を言う。

「「「……！」」」

ラフィニア達が息を呑む。

「うん……そうなんだ。でもそれはいけない事だったんだよ。だからイルミナスでは技公様の下でどんどん色々なものを便利にして、そんな事しなくて済むようにしているんだ。僕はそれでいいと思う。自分が楽するために人に酷いことしていいわけがないし、そんな事を自分の両親や友達がしていたら、きっと嫌になるから……」

「そっか……いい所なんだね、このイルミナスって」

ラフィニアは、マイスの背中を優しく撫でる。

それで気が楽になったのか、マイスが再び笑顔を見せる。

「うん、そうだよ！　地上の人に酷い事をしない代わりに、仲良くなる機会も無いのはちょっと物足りないけど、ね。色々な事を聞いてみたいから」

「よぉし、じゃあどんどんあたしに聞きなさい、何でも教えてあげるから……！」

ラフィニアがどんと胸を叩く。

「ありがとう！　じゃあ、地上では街を一歩外に出たら、魔石獣がウヨウヨしてるって本当……!?」

「いや、ウヨウヨて程じゃあないわよ？　確かに虹の雨が降るといっぱい出て来ちゃうし、虹の王なんかは、自分の力で弱い魔石獣を生みだしたりしてるみたいよね」

「虹の王……！　最強の魔石獣だよね？　それがいるから、僕達は地上では暮らせないって……ラフィニアさん、見た事があるの？」

「見たどころか、この間戦ってきたわよ？」

ラフィニアが得意げに、力こぶの仕草をする。

「へえええ～～～凄い……！」

マイスが尊敬の眼差しでラフィニアを見る。

「で、この子が虹の王と戦って倒しちゃいました～♪」

イングリスを捕まえて、ひょいと抱っこする。

さっきのラフィニアを真似して、力こぶの仕草でもしておこうか。

「えええええええええええっ!?」

マイスが悲鳴のような歓声を上げる。

「天上領(ハイランド)でも直接上陸されたら、壊滅(かいめつ)するって言われてる化け物なのに……!? す、凄いや……! あ、じゃあもしかして、今虹の王(プリズマー)が現れたら、イングリスちゃんが虹の王(プリズマー)を倒す所を見られるって事……!?」

「虹の王(プリズマー)さえ呼んでくれれば、喜んで」

にっこりと笑みを浮かべて、イングリスは答える。

今すぐに現れるとなると、エリスはいないため天恵武姫(ハイラル・メナス)抜(ぬ)きの戦いになるが、それはそれ。

今度こそ、自分の本当の力が試(ため)される戦いになる。

それはそれで、悪くないだろう。

自分もいつまでも、今までの自分ではない。新しく生み出した竜魔術(りゅうまじゅつ)もある。

いずれは、完全独力での虹の王撃破(プリズマーげきは)を達成しなければならない。

「わあぁぁ……! 来ないかなぁ……!? 来たら大変だけど、見てみたいなぁ……!」

「そうだね、わたしも来て欲しいな……!」

うんうんと頷(うなず)き合うイングリスとマイス。

「ははは……あたしはそれはイヤだけど……」

「もう、皆(みな)さんで物騒(ぶっそう)な事を願わないで下さいませ……! あながち冗談(じょうだん)では済まなくなるかも知れませんのよ？」

と、リーゼロッテが困った顔をして、そんな事を言い出す。

「え？　どういう事、リーゼロッテ？」

「ひょっとして虹の王に心当たりがあるの……!?」

ラフィニアとレオーネが、少々緊張した顔をする。

「おおぉぉ……！　やった……！　ねえどんな話？　どこにいるの？　どうしたら会えるの？」

「だから喜ばないで下さいと……！　まあ、今さらイングリスさんに言っても無駄なのは重々承知してはいますが……」

リーゼロッテは深くため息を吐いた後、それでもちゃんと教えてくれる。

「ここは我がシアロトから海に出た、シャケル外海で御座いましょう？　この海域には昔から海の悪魔が現れて、行き来する船を沈める……という言い伝えがございます。実際、我がアールシア家に残されている記録では……シャケル外海を渡る探査船を何度か送り出しているのですが、その殆どは帰らず、一度だけ帰還した船の乗組員が海の悪魔を見たと……それは、虹色の鱗に包まれた巨大魚だったそうですわ」

「虹色の鱗……それって、つまり……」

「虹の王ね……」

ラフィニアとレオーネの表情が引きしまる。

「ええ……この海は広大です。そんなに簡単にここが見つかるとは思いませんが、可能性が完全に無いわけではありません。用心するに越したことはありませんわ」

「……となると、早くこのイルミナスに空に戻って貰わないと困るわね」

「レオーネの言う通りね。修理ってまだ時間がかかるのかなあ？　ねえマイスくん、こういう事って結構起こるの？」

「いや、こんなのはじめてだよ……！　少なくとも僕が知ってる限りでは一度も……」

マイスはそう言って首を振る。

「あ、何か来るよ」

イングリスは海の方向を指差してそう言った。

巨大な水飛沫を立てながら、何かがこちらに迫っているのが見えるのだ。

水飛沫に隠されて、遠目からはハッキリと分からない。

もう少し近づいてこないと、だ。

「「えええぇぇっ⁉」」

ラフィニア達が声を上げたのは、嫌な予感がしたからだ。

「ほ、ホントだ！　何あれ……!?」

「ひょ、ひょっとして海の悪魔……!?」

「ま、まさかそんなに都合よく！　こちらはエリス様もいらっしゃいませんのに……！」

ちょうど今話していた内容。

海の悪魔と言われる、この海域に潜む虹の王。

噂をすれば影、という言葉もある。

「やった……！　さすが虹の王は話が分かるね！」

一方イングリスは、期待に胸を膨らませていた。

戦いたいときに丁度よく現れてくれる強敵。

これ程ありがたい存在はないだろう。

「もう……！　大きくても小さくてもクリスはいつも通りクリスなんだから！　でも、もし虹の王なら、あたし達がここにいる時で良かったわ。せっかく仲良くできそうな天上人の人達なんだもの。セイリーン様や、セオドア特使と同じ……！　だから必ず守るのよ、クリス……！」

「うん、結果的にはそうしてみせるよ……！」

「今はエリス様もリップル様もいないけど、私達で何とか……！」

「もし今ここでわたくし達が虹の王を倒すことが出来るのなら、シャケル外海を安全に航海できるようになりますわ……！　それはシアロトの街のためにも、カーラリア の国のためにもなります……！」

皆虹の王が現れたのならば戦う、という事に異論はないようだった。

ならば――

「じゃあ早速、見に行ってくるね！」

先を越されてはならない。

自分は一対一で虹の王と戦って倒したいのだ。

それに、前に氷漬けの巨鳥の虹の王と戦った時は、天上人ではない地上の人間すら魔石獣化してしまう力を発揮していた。

あれは恐らく、巨鳥の虹の王が更に進化した半人半鳥の強化型ゆえに起きた現象であり、その海の悪魔の虹の王はそうではないだろうとは思う。

そして、その近くでもラフィニアは問題なかったため、恐らく大丈夫だろう。

同じ上級印のリーゼロッテも、更に上の特級印を得たレオーネも同じく、だ。

――が、それでも可愛い孫娘のようなラフィニアには、万が一の危険も近づけたくはない。それが親心ならぬ祖父心である。

イングリスは自分の身体を指先でなぞりつつ、竜魔術を発動する。

グオオオォォォ……ッ！


竜魔術、竜氷の鎧。

竜の意匠の蒼い鎧は、具現化すると大きく咆哮を上げた。

そして更にそこに――


「はあぁぁっ！」

霊素殻！

竜氷の鎧は微弱な霊素殻とも言うべき防御効果、身体能力の向上の効果がある。

微弱と言ってもそれは比較対象が悪過ぎるからであって、その効果は十分。

そして何より、霊素殻との併用が出来る。

現状のイングリスの能力では、同時に発動可能な力は霊素の戦技、竜理力、魔術の三種類がそれぞれ一つずつ。

竜氷の鎧は竜理力と魔術を合わせた竜魔術。

そして霊素殻は霊素の戦技。

つまり全能力を駆使した、総動員の状態だ。

「あ、ちょっと待ってクリス……！」

ラフィニアが止める間もなく、イングリスは海上に向かって走り出していた。

いや、正確には恐らく走り出したはず――だ。

何せ走る姿は視認できないのだから。

とにかく速過ぎる。

あっという間に海上の彼方まで、海水が凍り付いた轍が伸びて行くのだけが見える。

「な……！　え、ええええええっ……!?　き、消えて――いやあの海に向かって伸びてる跡がイングリスちゃんの……!?」

「マイスくん。クリスが戦う所、好きなだけ見ていいわよ……見えたら、だけどね」

「う、うん。がんばる……！」

「とにかく、私達も追いましょう！」

「わたくしも一足先に参りますわ！　皆さんは機甲鳥で！」

ラフィニア達も、イングリスを追いかけて動き始める。

その時、既にイングリスは海上をやって来る何かの正体を視認していた。

「……！　虹の王じゃない……!?」

むしろ、魔石獣ですらなかった。

「飛空戦艦……!?」

ヴィルマが指揮していたイルミナスの飛空戦艦より格段に古そうで、カーラリアにある二隻の戦艦よりも古いかも知れない。武装らしきものも少ない印象だ。

恐らく旧式のものなのだろう。

それが船体後方から煙を噴き上げつつ、水面近くを跳ねながら何とか前進している状態だ。

恐らく放っておけば完全に推力を失い、海に沈んでしまうだろう。

そしてその船体を追い立てるように、鳥型の魔石獣の群れが追跡して来ている。

水面近くには、沈んだ後に餌にありつくつもりであろう、魚型の魔石獣の姿もある。

「これは……魔石獣に襲われて……!?」

イルミナスに向かって来るはずの飛空戦艦が、魔石獣の襲撃に遭い沈みかけている。

これはそういう状況だろう。

「……ならば！」

イングリスは船体の間近まで迫ると、進行方向を転換して並走を始める。

霊素殻は解除。

霊素穿(エーテルピアス)で、手近な魔石獣を何体か撃ち落として行く。

だが、これはあくまでついでだ。

ここは流石(さすが)に、魔石獣との戦いは後回しにするしかない。

後続でラフィニア達がやって来るので、そちらに任せるとして、自分はこの沈みそうな飛空戦艦を何とかした方がいい。

これは、恐らくイングリスにしかできない事だ。


バシャアアアァァッ！


飛空戦艦が何とか身じろぎするように、水面を跳ねて少しだけ浮かぶ。

先程(さきほど)から何度か繰(く)り返していた動き。この瞬間(しゅんかん)が狙い目だ。

「そこだっ！」

霊素殻(エーテルシエル)を再び発動。

浮いた船体の真下に回り込むと、そのまま足元を蹴(け)って船底に手を突く。

そのまま身を捻(ひね)りながら力を込めて――

「はあああああぁぁぁっ！」

思い切り、飛空戦艦の船体を投げ飛ばす！

イングリスの加えた力によって、飛空戦艦の飛ぶ軌道は明確に高く遠くなり、勢いも増した。

だが、これだけではイルミナスの陸地までは届かない。

沈没を少し早めただけになってしまう。続く手が必要だ。

「まだまだっ！」

イングリスは着地をすると、投げ飛ばした飛空戦艦より速い速度で海面を駆け抜け、再びその船底の真下に回り込む。

先程と同じように、空中の戦艦に飛びついて、身を捻って力を込める。

「もう一つッ！」

再び軌道をぐんと高く遠くに持ち上げられる飛空戦艦。

浮いているうちに、もう一度力を加え続けるのがコツである。

水面に足を着いた状態だと、受け止めようとしても足元は氷が浮いているだけ。

重みで沈んでしまうからだ。

必要なのは飛空戦艦が飛ぶより速く海面を走る事と、飛空戦艦を投げ飛ばせるくらいに強い力だ。

流石に霊素殻と竜氷の鎧の二重発動状態でも、腕にかなりの重みを感じる。これはこれで、いい訓練だ。

――このままこれを繰り返して、安全圏、即ちイルミナスに上陸するまで運ぶ。

再びイングリスが飛空戦艦の船底に回り込んだ時、向こうからやって来るラフィニア達とすれ違った。

「クリス――――！　いいわよ、そのまま運んで！」

「うん、分かった！　ラニ達は追って来る魔石獣の方をお願い！」

「おっけー！　任せといて！」

すれ違った後も、イングリスはイルミナスへと向けて飛空戦艦を投げ飛ばし、軌道に先回りして更に投げ続ける。

その途中で、イルミナスから飛び立った機竜達ともすれ違った。

こちらが一足早かったが、魔石獣の迎撃に出て来たようだ。

「機竜……！　こちらに何もして来ないという事は……！」

機竜は飛空戦艦自体やイングリスに対しては何もして来ず、素通しである。

これはつまり、この行動を容認するという事だ。

ならばこのまま行く！

「もう一つッ！　もう一つッ！　もう一つッ！」

だんだんとイルミナス本島が、陸地が近づいてくる。

「最後っ！　はああぁぁっ！」

最後の一投がそれまでと違うのは、それが陸地に飛んで行くという事だ。

つまり、先回りした先で受け止める必要がある。

「よし……！」

飛空戦艦が落ちて来るあたりの、イルミナスの海岸。

イングリスは先回りして、身構えていた。

「おい何をしている……！　落ちて来るぞ！　逃げるんだ……！」

そう呼び掛けて来るのは、全身黒い鎧を着こんだ天上人の女性騎士、ヴィルマだ。

機竜達に指示を出しているのも彼女だ。事態の把握は出来ていたのだろう。

「ヴィルマさん？　大丈夫です、受け止めますので……！」

「馬鹿を言うな……！　潰されるぞ⁉」

「自分で投げたのですから、受け止める事も出来ますよ。任せて下さい」

イングリスはニコッとたおやかに微笑んで、ヴィルマに応じる。

「……来ます！　ヴィルマさんは離れていて下さい！」

「いや、いくら力があろうとも、子供だけにこんな事をさせるわけには行かん……！　それに、イルミナスの警護を任されているのは私だからな……！」

ヴィルマに退くつもりはないようだ。

ならばこれ以上は言うまい。それにもう、問答している時間もない。

「本当に危ないと思ったら、逃げて下さいね……！」

「要らぬ世話だ……！」

イングリスとヴィルマは落ちて来る飛空戦艦を受け止めにかかる。

「はあああああぁぁぁぁぁっ！」

「ぐううぅぅ……っ!?　重い……！　こんなものが受け止められるとは……！」

その重量と勢いは凄まじく、イングリス達の足元は引き摺られて、大きく後ろに押し込まれて行く。

「いえ、まだまだあぁぁぁっ」

「……！　少しずつだが……!?」

イングリスとヴィルマが押し込まれる勢いが、少しずつ和らいでいく。

「もう少しいいぃぃいぃ……っ！」

「す、凄い、この子は本当に何者……っ!?」

ズウウゥウゥウゥウン……ッ！

最終的に飛んできた勢いの大半を減じられた飛空戦艦は、鈍い音を立てながらその場に不時着をした。

何もしなければ、陸地に激突して爆発四散してもおかしくなかった所だ。

「ふう……よし、なかなかいい訓練だったなあ……」

イングリスは満足気な笑みを浮かべて、額に滲んだ汗を拭う。

バリイイイィインッ！

同時に、身に纏っていた竜氷の鎧が粉々に砕け散った。

霊素殻を全開にした霊素の負荷にこれだけ耐えたのだから、かなりよく持ったと言えるだろう。性能的にも申し分ない。

「よくやってくれたな……！　おかげでイルミナスへの損害はほぼ無い。こんな状況だ、新たな損害は避けねばならないからな」

「いえ、自分で投げたのですから、自分で受け止めるのが筋ですし……ヴィルマさんは大丈……うっ……⁉」

大丈夫ですか？　と尋ねようとしたが、その途中（とちゅう）でイングリスは固まってしまった。

ヴィルマの方を見て気づいたのだ。明らかにあり得ない方向に腕が曲がっている。

いや、右の足首もだ。そちらはかかとが前を向いてしまっている。

「ヴィ、ヴィルマさん⁉」

やはり無茶（むちゃ）だったのだ。

彼女の意思に任せて止めはしなかったが、強制的に突（つ）き飛ばしておいた方が良かった。

「ああ、心配をするな。大丈夫だ」

しかしヴィルマは涼（すず）しい顔をしている。

「これはもう駄目（だめ）だな……」

曲がってしまった腕や足に触（ふ）れると、そこが身体から切り離されてぽとりと落ちた。

だが血が流れたり肉が見えたりするわけではない。

切り離された断面は、機甲鳥（フライギア）や機甲親鳥（フライギアポート）と同じ、機械のものだった。

「……！　機械の身体……」

ラティの友人の、アルカードのイアンと同じだ。

ヴィルマの方がもっと洗練された、最新式と言った感じがするが。

「ああ。天上領（ハイランド）の騎士として外に出て活動するには、その方が便利だからな。虹の雨（プリズムフロウ）の影響（えいきょう）を受けずに済む」

「な、なるほど……イルミナスの騎士の方は皆そうなのですか？」

「ああ。機竜や飛空戦艦への指揮を無理なく最小限の人数で済ますには、その方が効率的だからな」

「効率的、ですか」

それはいいが、ヴィルマの元の身体はどうなったのだろう？

地上の人間から天上人（ハイランダー）になったという、ランバー商会のラーアルやファルスの事を思い出す。

彼等（かれら）は恐らく、天上領（ハイランド）の騎士としてヴィルマと立場が近いはずだ。

いやヴィルマの場合は飛空戦艦を指揮し、今イルミナス全体の警備も担（にな）っている様子なので、もっと立場が上かも知れないが。

権限の大きさから大戦将（アークロード）のイーベルに近いのかも知れない。

いずれにせよ特使ではなく、天上領（ハイランド）から外に出て任務をこなすという点では同じなのだが、彼等は生身だったはずだ。

イーベルの場合は、ヴィルキン第一博士と同じ上級魔導体(ハイマナコート)なる身体らしいが。

だがヴィルマの口ぶりでは、イルミナスの騎士は皆機械の身体であるようだ。

こちらは三大公派であり、あちらは教主連合であるから、勢力が違えば文化も異なるという事だろうか。

もっと言うと、同じ三大公派の中でも、武公ジルドグリーヴァのリュストゥングとこのイルミナスでも違うだろう。

彼の天上領(ハイランド)がここと同じようであるとは思えない。

武公ジルドグリーヴァならば、機械の身体は鍛(きた)えて強くなれないから嫌だ、と言いそうである。

いや間違(まちが)いなく言うだろう、何故(なぜ)ならイングリスも全く同意見だから。

彼とイングリスの趣味嗜好(しゅみしこう)は非常に近い。単純に言うと気が合うという事だ。

それにイングリス独自の楽しみとして、瑞々(みずみず)しくも艶(なま)めかしい自分の体を鏡に映して眺(なが)めたり、あるいは自分で自分の柔(やわ)らかな手触(てざわ)りを確かめたり、自分で自分を楽しめないのは辛(つら)い。

どうも天上人(ハイランダー)というのは、それぞれの指導者によってその勢力下の様相がかなり違っていそうである。地上の国々の違いなど些細(ささい)なものと感じる程に。

「そんな顔をするな。元々望んでこうなったのだ……難病でな、こうせねば生き永らえることが出来なかった。イルミナスの騎士達は、皆同じような境遇だ」

「ああ、なるほど……」

それならば納得が行く。生きるためにはそれが必要だったのだから。

命を救う手段でもあり、イルミナスを護る騎士を確保する手段でもあると。

このイルミナスという天上領は、何かにつけて効率的だ。

「さあ、それよりもこの船の中身を検めねばな」

ヴィルマは横たわる飛空戦艦に視線を向けた。

第4章 ◆ 16歳のイングリス　絶海の天上領　その4

イルミナス本島。大工廠――

「いやあ、助かりました。こちらを探して低空を飛んでいたところ、魔石獣の群れに襲われてしまいまして……救助頂き、深く感謝致します」

イングリスや機竜達の手によって大工廠へと運び込まれた飛空戦艦から降りて来たのは、地上の人間だった。

腰を折るように深く一礼する青年は、枯葉色の髪をした背の高い美丈夫で、身に着けた片眼鏡が印象的だ。

物腰柔らかで爽やかな印象は、きっとラフィニアのお眼鏡に――

「おぉ……」

「ダメ！」

イングリスはラフィニアの背中からぴょんと抱き着き、手で目を塞いだ。

余計なものは見せないに限るのである。

「あ、ちょっとクリス……！　何するのよぉ……!?」

「変なものは見ちゃいけません！」

「もう、真面目に話そうとしている時に……」

「お邪魔になってしまいますわよ？」

レオーネとリーゼロッテがため息を吐く。

イングリスとラフィニアもそうだが、先程までの水着の上に白い服を羽織っていた。

身体も冷えるし、いつまでも水着を晒しているわけにも行かない。

少々凝った儀式衣のような、白い服だ。

胸元に大きく聖痕のような模様が描かれている。

全員同じものをヴィルマから支給されたのだが、これはこのイルミナスに外部の人間が滞在する時のためのものらしい。

これを着ていると天上人の聖痕が無くとも、このイルミナスの機甲鳥の自動飛行や自動手配、ある程度の範囲の通行許可等が得られ、食料類や物品の支給も受けられるそうだ。

今は都市機能の中枢が沈黙するという緊急事態で、それらの設備も一部しか動いていないらしいが。

最初にヴィルマがイングリス達をヴィルキン第一博士の下に連れて行ってくれたのは、

運良く残っていた一部だったらしい。

現に先程の海岸までの移動も自動操縦ではできず、星のお姫様号(スター・プリンセス)を取り出してここまで足を延ばしていた。

「……どうかなさいましたか？」

片眼鏡の青年が、きょとんとしてこちらを見ている。

「いや、気にせず放っておいて頂こう」

ヴィルマがそう応じ、青年の方をじっと見つめる。

「……アゼルスタン商会の者か。見ない顔だが……？」

「ええ、お初にお目にかかります。私はユーバー・アゼルスタン。父は病に臥(ふ)せっておりまして、引退せざるを得なくなりました。私が跡(あと)を継(つ)いで、これまで通りのお付き合いをさせて頂きたく存じます。何卒(なにとぞ)、よろしくお願い申し上げます」

「上の方に報告し、指示を仰(あお)ぐ。恐らくは問題ないと思うが、ここで暫(しばら)く待ってくれ」

「は。よろしくお願いいたします。ですが嵩張(かさば)る荷は、一度降ろしても……？　補修の邪魔にもなりそうですから」

「任せる。手助けは必要か？」

「いえ、自分の足で歩けますので……」

柔らかに言うユーバーだが、その内容は決して柔らかくなどはない。

自分の足で歩けて、指示すれば動く積み荷。

それはつまり——人間かも知れない。

天上人(ハイランダー)による人狩り(が)があったり、また地上の人間の側から、同じ地上の人間を奴隷として天上人(ハイランダー)に売るような者達がいるというのは聞いた事がある。

これはその後者。地上側の奴隷商人、かも知れない。

それが飛空戦艦まで有しているのは驚(おど)きであるが、確かに多数を集めて運ぶにはこれ以上ない手段でもある。

流石にカーラリアでは飛空戦艦を有した奴隷商人の話は聞いた事が無いので、別の国を根城にしている者達だろうが。アゼルスタン商会の名は覚えておいた方がよさそうだ。

ラーアルやファルスが率いていたランバー商会よりも、遥(はる)かに悪質かも知れない。

だが解(げ)せないのは、世の中には確かにそう言う存在があるとして、このイルミナスと取引をしている様子なのは何故(なぜ)だろう?

先程海遊びをしている時に知り合った、天上人(ハイランダー)の少年マイスによると、イルミナスには地上の人間の奴隷(どれい)はおらず、それは悪い事だと教えられているとの話だったはずだ。

「クリス、手を放して……!」

ラフィニアが強い口調と力で、目を塞ぐイングリスの手を引き剝がす。

「ヴィルマさん……！　それってどういうことですか……!?　積み荷って……!?」

「…………」

ヴィルマはラフィニアを、少々困ったような顔で見ている。

「ヴィルマさん……！」

「それよりも、その子をどうした？　何故住民の子がここにいる……？」

ヴィルマはマイスの方を見て、ラフィニアに問う。

「それは、その……海で遊んでいる時に、街に出て来たっていうこの子と会ったんです。途中で船と魔石獣が来たから、成り行きで一緒に……」

「そうか。悪戯っ子を保護してくれたのだな。ならば来た所から返してやってくれないか？　この子の両親も心配しているだろう」

「待って下さい、話は……！」

「下手をすると、お前達を子供を誘拐した犯人だと見做さねばならなくなる。そんな事はさせないでくれ」

「でも……！」

なおも退こうとしないラフィニアを止めたのは、マイスだった。

「ら、ラフィニアさん……僕、ラフィニアさん達に迷惑はかけたくないから、帰るね？　確かに父さんや母さんが捜しに出て来て、大騒ぎになってるかも。送ってくれるんでしょ？　さあ行こうよ」

マイスからそう言ってくれて助かる。

ラフィニアがヴィルマと喧嘩をするのはよろしくないが、イングリスとしてはラフィニアが力ずくでも船の積み荷を検めろと言うなら、そうするだろう。

「マイスくん……うん、分かった」

マイスに促されるとラフィニアもそちらを優先せざるを得ず、皆で星のお姫様号に乗り込んだ。

飛び立ったところで、マイスが真剣な顔つきでラフィニアに言う。

「ラフィニアさん、僕を送ったら急いであそこに戻ってね？　今の騎士様は、何か隠してる……僕を言い訳にしたけど、僕がいなければ言い逃れは出来ないよ。足を引っ張っちゃってごめん」

どうやらマイスの方が冷静に、ヴィルマを問い詰めようとしているらしい。

「マイスくん……ううん、いいのよ！　きっちりヴィルマさんを問い詰めて来るから！」

「うん、よろしくく！　何があるのか結果を教えてね？　また聞きに来るから！」

「あ～、それってまた抜け出して来るって事じゃない。ダメでしょ～？」

マイスをつんつんと指先で突っつくラフィニア。

「早く技公様の調子が良くなって、イルミナスが空に戻ってくれたら、そうしなくて済むんだけどね？」

笑い合うラフィニアとマイスは、すっかり仲良くなっている様子で微笑ましい。

こうして誰とでも仲良くなれるのが、ラフィニアの魅力だ。

イングリスとしては、可愛い孫娘のようなラフィニアが、そういう姿勢を持ち合わせている事が誇らしいと思う。

子育ての成功、というやつである。

無論育てたのはビルフォード侯爵と伯母イリーナなのだが、ラフィニアの人生において最も長くの時間を共有した、という点においては、イングリスも負けてはいないはずだ。

「じゃあラフィニアさん、レオーネさん、リーゼロッテさん、イングリスちゃん、少しだけだったけど凄く貴重な経験だったし、お魚美味しかったよ！　またね！」

イングリス達と出会った海岸から少し街に近づいた大きな道の脇に、地下へと続く階段があった。マイスはここから上がって来たそうだ。

分厚い隔壁のようなものが下りていたが、マイスの聖痕に反応してぽっかりと一人分の入り口が開いた。

笑顔でこちらに手を振って、マイスは中に入っていく。

「またね～！　今度はお肉も一緒に食べようね！」

マイス以上の勢いで、手を振って見送るラフィニアだった。

「さようなら、またラニと遊んでくださいね？」

「気を付けて戻ってね？」

「ご両親をあまり心配させないようになさって下さいね？」

イングリス達も笑顔でマイスを見送り、そして――すぐに大工廠に引き返した。

そこでは既に、損傷したアゼルスタン商会の飛空戦艦の修理が始まっていた。

無人の機械の手がいくつも船体に取り付いていた。

ユーバーの姿は既にそこには無く、いたのは都市内移動の機甲鳥に乗り込もうとしているヴィルマと、それに伴われている少女だった。

年齢はこちらとそう変わらないだろう。

小さくなっている今のイングリスではなく、16歳の大きいほうのイングリスとだ。

水色がかった優しい色合いの銀髪をしており、長さは肩くらいまでで、女性としては少々短いほうだろう。

今は少しやつれているように見えるが、気品のある美しい顔立ちをしている。

額に聖痕は無く、イングリス達のように滞在用の儀式衣も身に着けていない。

間違いなく、アゼルスタン商会の船に乗っていたのだろう。

その少女はこちらを見つけると、必死の様子で訴えかけて来る。

「あ、あなた達……！　地上の方ですか⁉　お願いです、どうか……！　どうか私と共に連れられて来た者達をお助け下さい……！　彼等は私に賛同し私に付き従って下さっただけ。何の罪も無いのです！」

「え……⁉　ど、どういう事ですか⁉　あなたは誰なの……⁉」

ラフィニアが反応し、少女に問いかける。

「私はヴェネフィクの皇女……！」

「行くぞ。お前をお待ちの方がいる」

ヴィルマが少女の言葉を制し、機甲鳥を発進させてしまう。

「あ……！　待って下さい、ヴィルマさん！」

「……隔壁。管理権限により、一時間の間、再開放を禁止」

飛び去ってすぐ、大工廠から出て行く道が閉ざされてしまった。

ヴィルマの言葉通りなら、暫く待てばまた通行できそうだが。

「あの子、ヴェネフィクの皇女って言ってたわ……！　聞こえたわよね？」

「ええ、レオーネ。わたくしにも聞こえましたわ……！」

「あの船は、あの子を運んでくるためのものだったの……？」

「だけどラニ、それだけじゃないはずだよ？　あの子は私と共に連れられて来た者達を助けて欲しいって言ってたし……」

「うん、自分の事より人の事心配してたわよね……きっといい子なんだわ」

まあラフィニアの場合は、性善説で考えるため、どんな物事や人もいいように見ようとするわけだが。

「どうする、ラニ？　あの子の言う通りにしてみる？」

つまり、他に連れられて来た者達を助ける、という事だ。

「うん、そうする！　壁は閉まっちゃったし、暫く出られそうもないから……他の人達を探してみよ！　壁が開いたら、あの子の後を追うわ。勝手に壊して通ったら怒られちゃうし！」

「うん分かった、ラニ」

「レオーネとリーゼロッテもそれでいい？」

「ええいいわよ、ラフィニア。そうしましょう……！」

「勿論ですわ。ヴェネフィクの皇女様というのが本当であれば、あの方をお助けする事によって、ヴェネフィクとカーラリアとの関係改善の糸口が見えるかも知れませんわね」

「おぉリーゼロッテ、かしこい！　それ凄く良いわよね、クリス？」

「え？　うーん……どうかなあ？　人間、本気で殴り合ってこそ、お互いに分かり合えるっていう説もあるし……？」

　イングリスはうーんと唸る。

「それ拳で語るってやつでしょ！　そんなのクリスとかジル様にしか通用しないわよ！」

「そう？　でもほら、ロシュフォール先生と同格の騎士もまだいるって聞いたし、結構期待できると思う、ヴェネフィク軍。一気に全員で来てくれると嬉しいかな？」

「それ全面戦争でしょ！　ダメダメ、そんなの！　ほら行くわよ！」

「うんまあ、ラニの言う事はちゃんと聞くよ？」

　ヴェネフィク軍との全面戦争も一興だが、ラフィニアがそれを止めたいと言うならば、それに従うのは吝かではないと言うか、喜びである。

　ラフィニアの喜ぶ顔が見たいのだから仕方がない。

　実戦の相手としては、最悪武公ジルドグリーヴァがいてくれるので、どうしても戦う相手が欲しくなったら、彼を訪ねて戦って下さいと言えば即座に相手してくれるだろう。

「どこへ行くの、ラフィニア?」

「あれよあれ！　アゼルスタン商会の船！　中にまだ他の人がいるかも知れないわ！」

「そうですわね。あれはあくまで地上の商人の船ですから、多少騒ぎがあっても天上領とは無関係と言えますし……！」

「じゃあ、さっそく！」

イングリス達は、アゼルスタン商会の船に乗り込んで行った。

無人の機械の手が船体の周りを取り囲んでいるが、特にこちらに反応する事は無く黙々と作業が続いている。

大きな支柱に支えられ、桟橋に係留されている状態であり、船内から桟橋へと通行する橋が架かっている状態だった。

となると甲板に人は見えないが、中にはいるかも知れない。

「勝手にお邪魔しまーす！」

先頭に立って橋を駆け上がり、船内に踏み込むラフィニア。

だがそれに応える声はない。あくまで声は、だが。

ジャキンッ！

船内に踏み込んだ直後の所、そこに歩哨が左右に一名ずつ立っていた。

手に持った長銃には、銃口の下に槍のような刃が取り付けられている。

確か銃剣という武器だ。

それを左右から交差させるように×の字を作り、ラフィニアの道を塞いだのである。

言葉は何も発さず、無言で。

完全に顔まで隠れた全身鎧は、ヴィルマの率いていた天上領の兵だ。

監視役兼警備役として、こちらに回されたのだろう。

「あ、あの……！　すいません、中に入れて貰えませんか⁉」

ラフィニアの訴えにも、二人の兵士は無言で通せんぼをしたままだ。

「だめって事ですか……⁉　じゃあ教えて下さい、この中に無理やり連れて来られた人達はまだいるんですか……⁉」

質問を変えるラフィニアだが、それにも天上領の兵士は無言だ。

「さっきヴィルマさんが連れて行った子が、ヴェネフィクの皇女だって言うのは本当ですか……⁉」

「彼女をどうなさるおつもりなのです……⁉」

それらの質問全てに、二人の兵士は無言である。

「何かちょっとくらい答えてくれてもいいじゃないですか……!?　ねえねえ、ねえ！」

それでも無言。

怒鳴って追い返そうとしても全くおかしくないのに、そのあたりは紳士的と言えるかも知れない。

「ねえクリス、どうしよう……!?」

「うーん……」

殴って強行突破も勿論可能なのだが、その後の事を思えばあまり望ましくはない。

こちらはセオドア特使の命を受け、カーラリアの国としてやってきている立場である。

何かしでかせば、それはこのイルミナスとカーラリアの国の問題となりセオドア特使の立場も悪くなるだろう。

それに何より、今はエリスがグレイフリールの石棺に入って処置中だ。

裏を返せば、それはエリスを人質に取られている状態であるとも言える。

立場的にはこちらが弱いのは間違いない。

さてどうするか、と言った所である。

「運んで来た者達は、もうすでに引き渡してしまいましたよ？　天上人の騎士様が連れられた少女が、ヴェネフィクの皇女というのは本当です。皇女メルティナ様ですね。彼女は天恵武姫となる適性があるようで、連れられて行きました。名誉な事ですね？」

そう答えたのは、先程ヴィルマに挨拶していたアゼルスタン商会の代表、ユーバーだった。こちらの騒ぎを聞きつけたのか、兵士が封じる先の船内通路に姿を現していた。

温和でよく通る低い声が、ラフィニア達が投げかけていた質問に全て答えてみせた。

「あ、あなたはさっきの……！」

「ええ。彼等は命令に忠実で、恐れも疲れも知らない夢の兵士ですが、あまり融通は利きませんのでね。私が代わりにお答えを、と。船を助けて頂いたお礼もしていませんでしたし……知りたい事のお答えになりましたか？」

「あ、ありがとうございます……」

とお礼は言うものの、ラフィニアの顔から警戒の色は消えない。

このユーバーの率いるアゼルスタン商会が人身売買のように人を運んで来たのだから、それは当然だろう。

「でもじゃあ、皇女様以外の人達はどこに……!?　あの人言ってました、私と一緒に連れて来られた人達を助けて欲しいって。きっといい人なんだと思います……！　そんな人を売り渡すなんてひどい！　どうしてそんな事……！」

「まあまあ、落ち着いて。私共はお助け頂いたあなた方と事を荒立てるつもりは御座いませんし、可能であれば今後とも良いお付き合いをさせて頂ければと思います」

「そう思うなら、あたしの質問に答えて下さい！」

「ええ勿論。ですがここで立ち話も何ですから、中にお入り頂いてお茶菓子などいかがでしょうか？　皆様、こちらお客人ですのでお通し頂きたく」

ユーバーがそう呼び掛けると、二人の兵士は道を空けてくれた。

流石に船の所有者の言う事くらいは、多少聞いてくれるようだ。

そして船内に通され、大きめの応接室のようなところでお茶を出して貰った。

中々いい香りの、上等なお茶だ。上品な味がする。

一緒に付いて来たお茶菓子のクッキーも美味しい。

「これ美味しいね？　ラニ」

「うん……美味しい……」

と言いつつも、ラフィニアは仏頂面に近いような緊張状態だ。

美味しいものに遭遇した時の、いつもの輝くような笑顔がない。

状況が状況だけに、仕方がないだろうが。

「失礼ながらアゼルスタン商会という名は、カーラリアではあまり耳にしたことが無いのですが、主にどちらで商売をなさっているのですか？」

「私共は主にヴェネフィクやその南東部の友好国の方で商売をしておりますよ。カーラリアにはあまり近づきませんので、ご存じないのも致し方ないでしょうね」

　小さな六歳の姿のイングリスにも、ユーバーは非常に丁寧に答えて来る。

「ヴェネフィクの国から請け負う商売も多いから、カーラリアまで手を広げると今ある仕事を失ってしまいかねない……という事でしょうか？　確かにヴェネフィクとカーラリアの関係は悪化していますから、下手に手を出すと内通を疑われてしまいますね」

「ふむ……？　どうしてそう思われるのです？」

「皇女を奪って天上領に差し出しに来るなんて、一介の商人が望むような事ではないでしょうから。そんな事をすれば大罪人として商会ごと潰されて終わりです。ですからヴェネフィク内で内紛があり、それに敗れた皇女様の身柄を、アゼルスタン商会がお預かりになったのかなと考えました。それを任されるくらいなのであれば、御用商人というべき程の立場なのかな、と」

　そう言う立場であれば、ヴェネフィクと敵対するカーラリアで商売を行うのは危険だろう。ヴェネフィクの国に対する義理を通しておいた方がいい。

「ほう……小さいのに聡明なお嬢さんだ。その通りですよ、ヴェネフィクの皇家はじめお国の方々とは、いい商売をさせて貰っていますよ。あ、もっとお菓子を食べますか？」

ユーバーはイングリスに感心したように何度も頷き、お菓子の追加を勧めて来る。

「いただきます！」

せっかくなのでありがたく頂戴しておく。

「となれば、皇女様の他にいらっしゃった方々は、彼女に付き従う派閥の方々ですね？一言で言えば政治犯という所でしょうか。国内での有力者も多いでしょうから、天上領に身柄を売り飛ばしてしまうと言うのは、下手に処刑を行って反発を受けたり、幽閉なり拘束なりをして逆襲の可能性を残すよりも賢い方法かも知れませんね？」

「ええ、引き換えに国と民を守るべき魔印武具も手に入りますし、ただ処刑するより余程有益です。彼等はヴェネフィクのお国のために殉じたとも言えるでしょう。立派な事です。我々も利益を折半して頂けますので、ね」

「……という事は、ここに来た彼等の命は失われてしまう、という事ですね？」

イングリスはにっこり笑ってそう切り返した。

つまり助けるならば急がねばならない、という事だ。

「おやおや、喋り過ぎてしまいましたか？」

穏やかに苦笑をするユーバー。

がたん！　とラフィニアが勢いよく立ち上がる。

「その人達はどこですか……!?　早く行って助けてあげないと、間に合わなくなっちゃう……！」

「…………」

その様子を、ユーバーは穏やかに見つめている。

だが答えはない。

「何とか言って下さい！　教えられないって言うなら、力ずくでも……！」

「その前に伺いたいのですが、それはあなた方にとって本当に必要な事ですか？」

ユーバーの片眼鏡が、きらりと鋭く輝いたような気がする。

「どういう事ですか……!?」

「あなた方は、カーラリアの国の方々でしょう？　これはヴェネフィクの問題ですから、彼女らを助けようなどと余計なことに首を突っ込むべきではないのでは？」

「敵国の人だからって助けないなんてなったら、ずっと敵同士のままじゃないですか！　そんなのあたしは嫌です！　助けられる人は助けなきゃ！」

「……むしろそうしてしまった方が、敵同士である現状が長く続くとしても、ですか？　よく考えて下さい、彼女らは政治犯ですよ？」

「………!?」

ラフィニアは真剣な顔で押し黙りながら、ちらりとイングリスの方を見る。

「皇女様がどういう思想を持ってるか分からないって事だよ？　政治犯って言うからには意見の対立があって、例えばそれが、封魔騎士団の活動に賛同してカーラリアと和平するかどうかみたいな対立で、皇女様達が強硬な反対派だったら……？　下手に助けると和平出来なくなるどころか全面戦争になるかも……って事」

「本当に聡明なお嬢さんだ。私が言いたかったのはまさにその通りです、そこまでのリスクを負って行う人助けなのですか？　それは？」

「………」

ラフィニアがグッと唇を噛み締める。

「では、皇女様がどういうお考えの方か伺っても……？」

「それは邪道でしょう。どうかご勘弁を」

流石に拒否されてしまった。

こうなれば、イングリスが言う事は一つ。

「大丈夫だよ、ラニ。ラニはラニが正しいと思う事をすればいい。後はわたしが何とかするから、ね？」

ラフィニアの横で、一人だけに聞こえるようにそっと囁く。

それを聞いたラフィニアは、こくんと頷いてユーバーの微笑みへと立ち向かう。

「助けます！　たとえ考えが違ったとしても、自分の事より人の事を心配できる人となら、きっと分かり合えると思うから！　世の中ってそういうものだって、信じたいし！」

凛とした表情で、ラフィニアはそう言い切った。

「くくっ。あなたはさぞかしお美しい世界にお住みのようですね。羨ましい事です。願わくば皆、あなたと同じ世界に住みたがると思いますよ？　ですが……先程申し上げたリスクはどうなさいます？　あなたのその清廉なる行動が、カーラリアの多くの人々を殺す事になるかも知れませんが……そうなったら、あなたはどうなさるのです？　まさか知らぬふりをなさるとでも？　私は警告しましたよ？」

「そんな事しません！　もしそうなったら……！」

言ってラフィニアは、イングリスを捕まえてひょいと抱き上げる。

「この子が悪い人達を全部叩き潰しますから！」

「吝かではありません」

また力こぶの仕草でもしておこうか。

「ははは……！　なるほど、我々の船を投げ飛ばして受け止めたあの力であれば、あなが

ち冗談にも聞こえませんね。それに虹の王を完全に撃破してみせたカーラリアとの全面戦争は、如何にもヴェネフィクにとって分が悪いものになるでしょう。商人としては、得意先が無くなってしまうのは歓迎致しかねますがね」

「ヴェネフィクの国内では、そういう意見が大勢なのですか？」

それはそれで少々物足りないのだが。

主戦派には気兼ねなく攻めて来て頂いて、良い戦いの相手になって欲しいのだが。

一人で圧倒的な数を相手取る戦いというのも、それはそれで得るものが大きいだろう。

「さて……？　私はあくまで商人。上の方々のご意向は窺い知る事は出来ません。皇女殿下の件についても、詳細は知らされておりません。ただ、虹の王が追い払われたり封印されたりするのではなく、早期に完全撃破されたというのは、ヴェネフィク国内にも衝撃が走っていましたよ。こちらとしてはカーラリアを滅ぼすとは行かずとも、半壊させる程の威力は期待していたようですから。それを確実なものにするために、王都へ特攻を仕掛けたロシュフォール将軍や天恵武姫も帰りませんでした」

ロシュフォールやアルルは、今や騎士アカデミーの教官である。

イングリスとしてはもう帰すつもりはない。

あの二人は、今や無くてはならない大切な存在なのだ。

あれだけの実力者が、毎日放課後特別訓練に付き合って手合わせしてくれるのだ。

ありがたい事この上ない環境である。

「ですが少なくとも確実にカーラリアの戦力は殺いだ故、ここが攻め時だという意見もあります。正直、割れているのでしょうね」

「なるほど……」

「それより、皇女様と一緒に連れて来られた人達はどこですか……⁉　早くしないと間に合わなくなっちゃう……！」

「……せっかくご縁があってこうしてお話しさせて頂いているのです。お答えして差し上げたいですが、後悔しても知りませんよ？」

「そんな事しません！　早く言ってください！」

「では結論から申し上げて……どこか、と言えばあなた方ももう会っていますよ。間に合う間に合わないで言えば、もう手遅れです。あなた方ももう会ったのですからね」

ユーバーの言う事は、少々要領を得なかった。

「え……⁉　手遅れ……⁉」

「ええ。もはやどうにもなりません」

ユーバーは温和な微笑みを浮かべて断言する。

「ど、どういう事ですか……⁉」

「ご説明頂きたいですわ！」

レオーネとリーゼロッテも面食らっている様子だ。

天上領（ハイランド）に差し出すという事は、奴隷として働かせるか、もし適性があれば天恵武姫（ハイラル・メナス）化という所なのだろうと思われる。

それを何もさせずに殺してしまったという事なら、意味がないのではないか。

そして、イングリス達ももう会ったとユーバーが言うのは――

「……あの入り口の兵士の方達が、それだと？」

「え？　でもあれ天上領（ハイランド）の兵士よ、クリス？」

「うん……だけどユーバーさんがわたし達がもう会ったって断言できる人なんて、そのくらいしかいないし」

「ま、まあそれはイングリスの言う通りね……」

「ですが、あの方々がもう手遅れというのはどういう事ですの？」

「……あの中身は疑似（ぎじ）生命だって、ヴィルマさんが言ってたよね？　その疑似生命の材料が、地上から連れて来られた人間だって事じゃないかな」

「「ええええっ⁉」」

ラフィニア達が声を上げる。

一方ユーバーは満足そうに頷き、パチパチと拍手(はくしゅ)すらしてみせる。

「いや、察しが良くて助かります。私だけ言い辛(づら)い事を言う悪者にはなりたくないですからね？」

「……彼等(かれら)は何者なのですか？」

「魔導体(マナコート)と呼ばれる模造人間ですよ。ごく弱い自我(じが)しか持たされておらず、あの通り天上領(ハイランド)の兵として使われているようです」

「……人間を元にしているというのは、具体的には？」

「ここに引き渡した人間達は……一度炉(ろ)に入れられるそうです魔素流体(マナエキス)という液体がたっぷり入った炉ですよ。入ったら物の数秒で溶(と)けて無くなって、魔素流体(マナエキス)の一部になる……と。私も炉の実物を見たわけではありませんが」

「そんな……っ⁉　じゃあ……」

「みんな、その魔素流体(マナエキス)に……⁉」

「手遅れというのは、そういうことですの……‼」

「そして魔素流体(マナエキス)に処理を施(ほどこ)して生成された兵士が……先程の彼等です。あっという間の出来事ですよ。実に恐ろしい技術力です」

「……そうですね。わたし達がマイスくんを送りに行って戻ってくるまで、それほど時間は経っていません」

それを魔導体と言うならば、上級魔導体は純度の高い上等な魔素流体だけを集めて作られた肉体なのだろうか。

一体何人の人間を犠牲にして出来ているものなのか。

分からないが、なかなかに容赦のない話だ。

「魔導体の便利な所は、用が済めばまた魔素流体に戻してしまえばよいという事です。生きた奴隷兵であれば、腹を空かせれば病にもなりますから、そのための物資が必要になります。が、彼等にはそういったものは必要ない。まさに夢の兵士ですね。イルミナスの飛空戦艦には魔素流体の貯水槽があり、そこから必要に応じて兵を生成して運用しているのですよ。全く無駄がない事です」

「そんな……！　何で平気でそんな事言えるんですか⁉　そんなの奴隷として戦わされたり、働かされたりした方がまだいいじゃないですか！　まだ自分が自分で、自分の身体で生きているんだもの……！　魔素流体なんてそんなの、もう死んだって事じゃないですか……！」

声を上げるラフィニアに、ユーバーはきょとんとする。

「それをなぜ私に仰(おっしゃ)います？　やっているのはこのイルミナスの天上人(ハイランダー)の方々ですよ？」

「……！　うう……」

そう返されて、ラフィニアは俯(うつむ)いてしまう。

流石にこれはユーバーの言う通りではある。

「最初に皆さんのお顔を拝見した時、失礼ながらずいぶんお気楽でいらっしゃると思いました。こんな恐ろしい場所で、よく笑顔でいられるものだ、と。私など天上人(ハイランダー)の騎士様とお話しする時も、いつ自分が魔素流体(マナエキス)にされてしまうかも分からないと思えば、震(ふる)えが止まりませんでしたが……ですが何も知らないのであれば、無理もありませんね？」

「……そう、ですね。知りませんでした。特級印を貰って浮かれていたのかも、私……」

「レオーネだけではありませんわ、わたくしも……」

レオーネもリーゼロッテも、厳しい顔をして俯いてしまう。

「ずいぶんお詳(くわ)しいようですね？　街中にいた天上人(ハイランダー)の子は、このイルミナスは他と違って奴隷など使わない、それは悪い事だと言っていましたが……？」

ヴィルマすら、魔導体(マナコート)の兵士の技術的な詳細は把握(はあく)していない様子だった。彼女の場合は、言い辛いので濁(にご)した可能性もあるが。

だが少なくともある程度察しは付いているだろう。

人身を買っている事については、理解しているのだから。

そして少なくともマイスや、一般の住民の天上人は何も知らない可能性が高い。大人がマイスに、そのように教えているのだから。

「ええまあ。こちらとは先代から懇意にしておりますから……色々耳にする機会もあるのですよ」

ヴィルキン第一博士などの上層部とも話が出来る間柄、という事だろうか。

一般層が知らない情報は間違いなく、上層部から得ているのだろうから。

「奴隷はダメで、魔素流体にして利用するのはいいなんて、おかしいわよ……！　そんなの……！　絶対……！」

ラフィニアは肩と声を震わせながら、イングリスの横に再び座った。

もう最初の勢いがどこかへ行ってしまっている。

「うん、そうだね。ラニ」

イングリスはその背中を優しく撫でながら声をかける。

割と観光気分で天上領を楽しんでいた所に、思い切り冷水を浴びせ掛けられたような感じだ。衝撃も大きかったのだろう。

「その点については、私も全く同意見ですね。我々地上の人間から見れば、欺瞞もいい所でしょう……腹立ちすら覚えますね。ただ魔素流体は魔導体にする事も出来れば、都市機能の動力源とする事も出来る。非常に便利な素材のようなのです」

「奴隷のように目に見える所にいれば心を痛める事もありますが、目に入らなければ心は痛まない。目に入らないものは無いものと同じ……そう言う事でしょうね。そのあたりは天上人の方々も、地上の人間とそう変わりませんね」

イングリスがそう言うと、ユーバーは苦笑していた。

「ははは、それはそうかも知れませんが……あなたは本当にお子様ですか？」

「実は訳あって子供の姿ですが、16歳です」

「ほう、それは……しかし16歳にしても深い見識をお持ちだ。普通の16歳なら彼女らのようになっても不思議ではないのに……」

ラフィニア達はそのユーバーの言葉に返す元気もない様子だった。

「皆いい子なんです。わたしだけあまり深く物を考えていませんので……」

「ふふふ。皆さんが良い方だと言うのは納得しますが、あなたが深く物を考えていないというのは納得致しかねますね？」

「そうでしょうか？」

微笑んで、はぐらかしておく。

「ともかく私から一つ言えるのは、地上の人間にとって理想的な天上領（ハイランド）などあり得ないという事です。このイルミナスが地上に優しい良い場所などと考えておられるならば、大きな誤りです。我々の一番の得意先はここですよ？　それがどういう事かお判（わか）りでしょう？」

つまり一番、地上の人間の身柄を買い取っているという事だろう。

確かに魔素流体化（マナエキス）の技術があれば、奴隷（どれい）として使うよりもその奴隷を食わせる必要が無くなる分、維持費（いじひ）が安いだろう。

即（すなわ）ち大量に受け入れても大丈夫、という事だ。

「他の天上領（ハイランド）にその技術はない、と？」

「ええ、私の知る限りでは。特に教主連合側ではこういう技術を許さないでしょうから、大々的には普及（ふきゅう）しないでしょうね。今のところイルミナスだけの専売特許……つまりここが、一番恐ろしい天上領（ハイランド）だと私は思いますよ？　だからこそ上得意なわけですが」

「なるほど……情報ありがとうございます」

イングリスはぺこりと頭を下げる。

「いえ……どこまで行っても、我々は天上人（ハイランダー）にとって家畜（かちく）のようなもの。それが我々の命を召（め）し上げるのは、我々が飼育している牛や豚（ぶた）を食するのと同じこと。対等な関係などあり得ませんし、我々としては自分の番が来ない事を祈（いの）りつつ、彼等に阿（おもね）るしかありません。

皆様も十分ご注意なされた方がいい」

「ええ、そうさせて頂きます――さあラニ、レオーネ、リーゼロッテ、帰ろう？　ちょっと休んだ方がいいよ？　皇女様の事はまた後でヴィルマさんに聞いてみよう？」

そろそろ、ヴィルマが封鎖(ふうさ)した通路も開いているはずだ。

第5章 ◆ 16歳のイングリス 絶海の天上領 その5

そして、二日後の深夜——

イングリスとラフィニアは二人で、海遊びをした海岸に来ていた。

レオーネとリーゼロッテは既に眠りについているはずだ。

何をしているかと言えば、夜食である。

小腹が空いたので魚を獲って食べているのだ。

星と夜の海を眺めながら食べる焼き魚もまた、いいものである。

「……あーあ。ちょっと飽きて来ちゃったわね～」

とラフィニアは言うものの、既に何匹分もの魚が骨になっている。

「ここ最近、これしか食べてないからね」

「だってあんな事聞かされたら、ここで出されるご飯食べるのも何か違うし……」

基本的に食事はいつでも出して貰えるのだが、それは魔素流体によって動作する都市機能の一つでもあるわけだ。

せめてもの抵抗というか、とても素直にご馳走になる気にはなれず、四人ともここの所の主食は海で獲れる魚である。

ある意味、海が近くて助かった。やはり最後は自然の恵み、である。

「一旦、カーラリアに帰る？」

まだイルミナスの復旧は終わっておらず、リンちゃんを本格的に診て貰う事は出来ていないが。

「どうしよ。リンちゃんはまだ診て貰ってないけど……」

ラフィニアは横に座ったイングリスをひょいと抱き上げて、自分の膝の間に入れる。

「でも、イルミナスが空から落ちてるなんてセオドア特使も想定してなかっただろうし、別に怒られないと思うよ？」

「うん。そうよね……マイスくんにまた会った時、何て言ったらいいか分からないし」

と、ラフィニアは縫いぐるみを抱くように、イングリスをぎゅっと抱きしめる。

色々と不安な気持ちを和らげるためだろう。

「そうだね。ちょっと言いにくいね」

イルミナスは地上の人間を奴隷として使う事を悪い事だと位置づけ、友好的に接しているという事になっている。

だがマイスや一般の住民が知らない裏で、目に見えない形で地上の人間を集めては魔素(マナ)流体(エキス)と化し、都市の制御中枢(せいぎょちゅうすう)そのものとなった技公を中心とした、凄(すさ)まじく進んだ都市を作っている。

その事をマイスに言ったとして、マイスは信じてくれるだろうか？

いや信じてくれたとしても、彼の価値観を大きく揺(ゆ)さぶる事になってしまいかねない。

それはあの天上人(ハイランダー)にとって、不幸な事ではないだろうか。

それを考えると、なかなか素直に事実を告げると言うのは難しいかも知れない。

そもそも、こちらとてユーバーの話を聞いただけだ。

魔素流体(マナエキス)の製造現場を押さえたわけではなし、ヴィルマやヴィルキン第一博士に確認(かくにん)を取ったわけでもない。

だが、そこは迂闊(うかつ)に踏み込めない。

もしそれをこちらから口に出した時、あちらがどういう反応になるのか？

こちらはエリスの身柄を預けている状態なのだ。下手は打てないだろう。

「地上と天上領(ハイランド)に、対等な関係なんてあり得ない……か」

「ユーバーさんが言ってたね」

「リンちゃん……ううんセイリーン様やセオドア特使を見てると、そんな事ないって思ってたんだけど……でも、リンちゃん達の生まれたイルミナスがこうだし……ユーバーさんが言う通りなのかな？」

「あれはあれで、個人の意見だから。ラニはラニなりに考えればいいんだよ？　まあ、一番楽なのは何も考えない事だけど、ね？」

「……それはヤダ。なんかそれは違う……って言うか、あたしがちゃんと考えないとクリスが何するか分かんないし」

「そうだね。わたしはラニの従騎士だから。ラニの言う通りにするのが仕事だし？」

「……全く反省してないわね～」

「うん。わたしはラニと一緒にいて、強い敵と手合わせできれば満足だから」

「ほんと、クリスはいつも変わんないわよね。人生ってもうちょっと悩みが多いものだと思うんだけどなぁ……ちょっとくらい神妙な顔したり傷ついたりしてみなさいよね」

　そこに善悪の判断や主義や思想はないのである。

　うにうにとほっぺたを手で挟まれる。

「ひょふひょほほ……（はははは……）」

「あたし達ってさ、結構頑張ってきたと思うのよ。ユミルではいっぱい魔石獣を倒して来たし、王都に落ちてくる飛空戦艦を止めたり、リップルさんを助けたり、国王陛下の暗殺を止めて、アルカードにも行って、虹の王だって倒したじゃない？」

「うにゅ、ひょうらねりゃにゅ（うん、そうだねラニ）」

「でも結局、あたし達は頑張ったつもりでも……何も変わってないのかなぁ……？」

ラフィニアは細い声でそう言って、星空を見上げる。

「虹の雨は降るままだし、あたし達は魔石獣から身を守って生きて行くために魔印武具が必要でしょ？　でもそのためには地上の食べ物とか、人の命の代償が必要で……三大公派の人達でも教主連合の人達でも、どちらでも地上の人間を奴隷にしたり魔素流体にするのは一緒で、じゃあ魔石獣に殺されるのも天上領で殺されるのも一緒かも知れなくて……もしカーラリアだけは天上領に人を売るのを禁止しても、ヴェネフィクではそういう事は普通みたいだし……ユーバーさんみたいに、地上のほうから納得して人を天上領に売るような人がいる限り、何も変わらなくて……」

ラフィニアの手がイングリスの頬から離れて、またぎゅっと抱きしめられた。

気持ちが昂っているのだろうか、声と体の震えが伝わって来る。

「……もし、地上の全ての国と人が、地上の人を天上領に売るのを止めたとしても、それじゃ天上領の生活が成り立たないよね。という事は、天上領の方から人狩りを始めて、それを防ごうとしたら天上領と戦争だね？」

「うん。そんな事しても結局、沢山（たくさん）人が亡（な）くなって、魔印武具（アーティファクト）も手に入らなくなって困るだけよ……それにもし勝って魔印武具（アーティファクト）の技術とかを全部奪えたとしても、それはマイスくんたちが犠牲になるって事だし……」

「血鉄鎖（けってつさ）旅団がやろうとしてる事って、そう言う事だよね？」

反天上領（ハイランド）、反天上人（ハイランダー）の活動とは、そう言う事である。

「それじゃ立場が変わるだけで、何にも……」

もし血鉄鎖旅団の手によって天上領（ハイランド）の魔印武具（アーティファクト）の製造技術が地上に普及すれば、技術的優位を失った天上人（ハイランダー）達は、虹の雨（プリズムフロウ）の降る地上では生きて行けない、虚弱（きょじゃく）なだけの種族になってしまうだろう。

地上の物資が得られず、多くの者が飢（う）えたりして今と同じ状態ではいられない。

結果、かなり数を減らすか、将来的には絶滅（ぜつめつ）するか。

いずれにせよ、ラフィニアはそれを望んではいないようだ。

「あああぁ～～！　分かんなくなって来た……！　何をどうすればいいのよ、あたし達は……！　何か変えようとしたら、きっとただじゃ済まなくて……！　じゃあ今のままでいいかって言われたら、それも絶対違うし……！」

ラフィニアが自分の頭をくしゃくしゃと掻（か）きむしる。

「色々知っちゃったね？　ラニ」

イングリスは乱れたラフィニアの頭をそっと撫でて、元のように整えていく。

「現実は複雑だから……ね？　難しくてもしょうがないよ？」

現実はただ何の意味も無くそこにあるのではなくて、必然性があってそこにあるもの。

だがあまりに様々な過程や要因があり、それを把握するだけでも容易ではない。

そして現実を把握したつもりでも、その認識(にんしき)が隣(となり)の人間と異なる事もある。

天上人(ハイランダー)が、地上の人間を食い物にしている。

それは、小を捨てて大を取るためには止(や)むを得(え)ぬ犠牲だと考える事も出来る。

許しがたい暴挙であり、天上人(ハイランダー)を討(う)つべきと考える事も出来る。

あるいは別の方法もあるかも知れない。

イングリスとしては、この時代の事はこの時代の人々が決めれば良いという感想しかないが。

冷たい事を言えば、この時代の人々がどんな結論を以(もっ)てどんな世を作ろうとも、それもいつかは失われるだろう。

時の流れというものは残酷(ざんこく)であり、この世界に永遠や不変は無いのである。

現に前世のイングリス王が築き上げたシルヴェール王国は、影(かげ)も形も無いのだから。

となれば何をしても無駄——と言うつもりもない。

ラフィニアが自分が満足行くように生きて行くために必要だと思う事があれば、何でもすればいい。

願わくば、そこに可能な限り強大な敵が可能な限り大勢いればよい。

イングリスはそれを見守って、寄り添いながら生きて行く。

「何もしなくていいなんて思わないのよ？　でも何をしたらいいか、よく分かんない」

「焦らなくてもいいんだよ？　知ってるか知ってないかだけでも、全然違うし……ね？　きっとセオドア特使も、わたし達に事実を知って欲しかったんじゃないかな？　だからエリスさんの付き添いにって」

知られたくないのならば、エリスだけを送り出せばよかったのだ。

リンちゃんのことはあるにせよ、必ずしもイングリス達が行かなければならないわけではない。

知って欲しいか、あるいは最低でも知られても構わないと思っていたはずだ。

「……セオドア特使はみんな知ってたって事？」

「うん。技公様の息子さんだし……もしかしたらセオドア特使が次の技公様になるかも知れないでしょ？　そんな人が知らないはずないよ、きっと」

「次の技公様……って事はセオドア特使がイルミナスと一つになっちゃうって事⁉」

「将来的にはそうなのかも知れないね。セオドア特使がそうしたいのかどうかは分からないけど……ね？　戻ってよく話を聞いてみるのもいいんじゃないかな？」

「うん……あ！　でもじゃあ、リンちゃんも……いやセイリーン様も最初から全部知ってたって事よね、多分……！」

ラフィニアはイングリスの頭に乗っていたリンちゃんをじっと見つめる。

「そうかも、ね……セイリーン様も技公様の娘さんだし、セオドア特使の妹さんだし」

「そっか……あの時のあたし達にそんな事言っても上手く伝わらないだろうし……言いたくても言えなかったわよね、きっと」

ラフィニアはリンちゃんの小さな頭をよしよしと撫でる。

気性の荒いリンちゃんはこういう事をすると嫌がって噛みついたりするのだが、今は大人しく受け入れていた。

「……セイリーン様も何かを変えたくて、必死だったのかな……？」

「多分……ね。セイリーン様が本気だったのは、わたしも見てて思ったよ？」

最終的に何をどうしたいのかは、見えなかったが。

ただ天上人にも拘らず、地上の人々のことを本気で考えていたのは間違いない。

足元がおぼつかない印象はありながらも、確かな心の清らかさ、善性。

そう言った面では、ラフィニアに似ている所はあるだろう。

だからだろうか。僅かな時間ではあったが、二人はとても意気投合していたと思う。

「……もう一回。今のあたし達で、セイリーン様とお話ししてみたいな……ねえ、リンちゃん？」

ラフィニアは少し潤んだ瞳を細めて、リンちゃんに頬ずりする。

リンちゃんも噛みつかずに、ラフィニアに寄り添うようにしていた。

何となく今のラフィニアの気持ちが通じているのかも知れない。

「……よし決めた！」

「ん。どうするの、ラニ？」

「やっぱり、リンちゃんを診て貰うまでもう少しイルミナスにいるわ！　早くセイリーン様とまた話してみたいのよ、あたし……！」

「うん、分かった。じゃあもっとお魚一杯獲らないとね？」

「そうね……！　ってあ〜でもそこは飽きるわよね。普通のお肉が食べたいわよ。せめてお野菜とか！」

「う〜んでもここ海の真ん中だし……？　ああ、海藻くらいだったら採れるかも？」

「よーしワカメワカメ！　ワカメ採って来て、クリス！」

「ええ？　わたしだけ行くの？」

「だってクリスは海の上走って探せるでしょ？」

「ラニだって星のお姫様号で低空飛行すれば……」

「やだー！　あたしは色々考え事して疲れちゃったし、リンちゃんと待ってるから行って来て、クリス！」

「もう……はいはい、分かった。ちょっと行って来るね？」

まあ、そんなワガママを言えるくらい元気にはなって来たという事だろう。

イングリスはラフィニアの膝の上から立ち上がると、竜魔術を発動させるべく魔素と竜理力を同時に練り上げる。

「よし……っと！」

竜氷の鎧を発動させ、ぴょんと水面に飛び降りる。

ピキンと凍り付いた氷が、イングリスの軽い体重を支える。

「うーんでも暗いから、あんまり見えないなあ……」

「大丈夫よ、クリスが光ればいいじゃない！」

「ああ。それもそうだね」

ではない。

神の力たる霊素(エーテル)は、どう考えても夜中にワカメを探すための明りに使われるためのもの

霊素殻(エーテルシエル)の輝(かがや)きを纏(まと)えば、漁が出来るくらいには水面を照らしてくれるだろう。

が、ラフィニアのためならばそれも許されるのである。

「じゃあ……はあぁっ!」

その瞬間(しゅんかん)――

ドガアアアアアアアアアァァァァンッ!

静まり返った夜の空気に、巨大(きょだい)な轟音(ごうおん)が轟(とどろ)いた。

「……!?」

無論、イングリスが立てた音ではない。

「えええぇぇっ!? な、何……!?」

ラフィニアも吃驚(びっくり)して飛び上がっている。

「ラニ……! あれを見て! 中央研究所が……!」

火の手が上がり、煙(けむり)が噴(ふ)き出しているのだ。

「な、何あれ……⁉　攻撃されてるの……⁉」

「分からない、事故かもしれないけど……」

ドガアァン！　ドガアァン！　ドガアアアァァンッ！

さらに複数連続で続く爆発。

「ラニ、今の見えた⁉」

「うん……！　外から光が奔った！　あれは誰かの攻撃ね……！」

「誰かな⁉　こんな所に殴り込んでくるんだからきっと腕自慢だよね！　楽しみだね！」

「楽しみじゃないの！　大変なの！」

顔を輝かせるイングリスを、ラフィニアが即座に窘める。

「とにかくすぐ行こうよ！」

「うん！」

二人は急いで星のお姫様号に乗り込む。

現場の様子が詳しく視認できる距離になると、既に交戦が始まっていた。

中央研究所内部から飛び出して来た天上人達が、襲撃者に向けて魔術で応戦していたのだ。

「こんな事をするなんて、何者だっ⁉」

「今は考えている場合じゃない、とにかく迎撃しろ！ すぐに騎士達も駆けつける！」

「「「よ、よし！ 分かった！」」」

ヴィルマやほかの騎士の姿はまだないようだが、天上人自体も素で魔術を扱う事の出来る存在である。

一斉に発動させた魔術が閃光や炎や氷の矢となり、襲撃者に襲い掛かっていた。

「うわ……！ 凄い……っ⁉」

ラフィニアが目を丸くするように、天上人達の魔術の威力はかなりのものだった。

恐らく一人一人の魔術の威力が、地上側で言うならば上級魔印武具の奇蹟並みの威力である。

しかも奇蹟と違い、天上人達は一人で複数種類の魔術を操るはず。

この中央研究所内にいる天上人達が特に選りすぐりなのだとしても、これだけの上級騎士に匹敵する非戦闘員がいるとなれば、それだけで戦力的にかなりのものだろう。ここでも地上との差を感じざるを得ない。

「おおぉ～。中々受け応えがありそうな攻撃だね、いいなぁ……！」

あれを受けて竜氷の鎧の強度を実験したいものだ。

「もう、どっちの味方よ⁉」

「できれば、両方共と戦いたいなぁ……！」

「おかしなことしないでよ、クリス！」

「うん、ラニがそうしろって言うなら。それに、あっちの方だけでも楽しそうだし、ね」

そのあっちの方、魔術の雨霰に撃たれて姿の見えない襲撃者の気配は、まだ健在だ。

この天上人達の迎撃は、言わば数十単位のラフィニアやレオーネやリーゼロッテ達が、一斉に攻撃を加えたようなもの。

いや、レオーネだけは特級印になったのだから、除外した方がいいかも知れないが。

とにかくそれだけの威力を持つものだ。

それを受けても凌ぐのだから、それ以上の実力の力であることは間違いない。

即ち、戦うのが楽しみだという事だ。

「「こ、これだけ撃てば！」」

「「や、やったか……⁉」」

天上人達が手を止め、襲撃者の様子を窺う。

濛々と相手の姿を覆い隠す煙が立ち込める中――

ドガガガガガガガガガガッ！

地を這（は）う巨大な衝撃波（しょうげきは）が、煙の中から撃ち返される。

「「なっ……⁉　効いてない⁉」」

「「ぼ、防御（ぼうぎょ）結界だ！　急げえぇぇっ！」」

「「うわあああああぁぁぁっ⁉」」

それは、迎撃に出た天上人（ハイランダー）達全てを飲（の）み込んでしまいそうな巨大な威力である。受ければ無事には済まず、何人もの犠牲が出ただろう。

しかしその衝撃波の目の前に飛び込む、小さな人影（ひとかげ）がある。

「お邪魔（じゃま）致（いた）します！」

無論、イングリスだった。

こんな強そうな攻撃、見逃（みのが）してはおけない。

竜氷の鎧の強度を実験するまたとない好機である。

「「……⁉　君は⁉」」

「「あんな子供が……！　危ないぞ、下がって！」」

悲鳴のような声が後ろから上がるが、イングリスはにっこり微笑（ほほえ）んで振（ふ）り返る。

「御心配（ごしんぱい）には及（およ）びません。見ていて下さい――！」

小さな手を大きく広げ、迫（せま）って来る衝撃波に立ち塞（ふさ）がる。

避けたり捌いたりせず、真っ向から受け止めるのだ。

それが、竜氷の鎧の強度を測る事になる。

霊素殻の負荷にある程度耐える事は分かったが、純粋な防具としての被弾性能はまだ試せていないのだ。

竜氷の鎧と衝撃波がぶつかり合って、巨大な衝撃音と竜巻のような上昇気流を発する。

「「「うわ……!?　あの子、まともに当たって……!?」」」

「「「だ、だが衝撃波も止まってる……!?」」」

目の前の光景に、天上人達が目を見開く。

「ふふふふっ……！　いい攻撃です！　油断するとあっという間に吹き飛ばされてしまいそうですね……！」

グッと踏み締めた小さな足が、それでも少しずつ後ろに押されてしまうのだ。

これはかなりの威力。申し分のない実験相手である。

「「「わ、笑ってるぞ、あの子……!?」」」

「「「ど、どういうつもりであの状況で笑っていられるんだ……!?」」」

天上人達の驚きが戦慄に変わって行った頃、丁度イングリスと衝撃波の鬩ぎ合いも止まる。

衝撃波が食い止められた代わりに、竜氷の鎧もバラバラと崩れ落ちた。

結果としては痛み分けと言った所か。

だがあれだけの攻撃を受けられるのだから、被弾性能も中々のものだ。

「うん。防具としてもなかなか頑丈だなあ。合格点、かな？」

とりあえず、鎧の実験としては満足行った。

後は純粋な強敵との手合わせとして、満足行くものを期待したい所だ。

「ではどなたか存じませんが、わたしがお相手させて頂きます！」

イングリスはまだ余波で姿の半分隠れた相手に向けて、呼び掛ける。

「……立ち塞がると言うならば」

煙が晴れる。

相手の姿が露になると、イングリスは自分の言葉の間違いに気づいた。

どなたか存じませんが——そう言ったのは誤りだった。

そこにいたのは、輝くような長い金髪で、すらりとした肢体の美しい女性だった。

「え……!? リ、リーゼロッテ……!?」

「う、嘘……!? リーゼロッテ！　な、何してるのよ!?　そ、そんな事しちゃダメじゃない！」

イングリスの見間違いではない。

星のお姫様号で上にいるラフィニアも、吃驚仰天して声が裏返っている。

しかしこちらの驚きに、当のリーゼロッテは淡白なものだった。

小首を傾げた程度で、完全に無視されてしまう。

しかも手に持った斧槍を構え、こちらに穂先を向けて来る。

「リーゼロッテ……⁉　わたし達が分からないの？」

「リーゼロッテ！　どうしちゃったのよ⁉　ねえ聞いて！　リーゼロッテ！」

二人で呼びかけながら、イングリスは違和感に気が付く。

違う。リーゼロッテの気配が、いつもとは明確に。

この強烈な感じ、重厚な気配、存在感はただの騎士アカデミーの生徒ではない。

「違う……！　いつものリーゼロッテじゃない！」

「え？　どういう事、クリス……⁉」

「これはエリスさん達と同じ……！　天恵武姫の気配だよ、ラニ！」

手に持った斧槍も、いつもの魔印武具と形状が違う。黄金に輝き、斧頭部分がかなり大きい。

これは、天恵武姫がそれぞれ召喚する自分の武器だ。

「えええええっ⁉　リーゼロッテ、天恵武姫（ハイラル・メナス）になっちゃったの⁉　た、確かに凄い適性あるって言ってたけどあたし達に黙（だま）って……⁉　でも、だからって何であたし達が分からないの⁉　それにここを攻撃して……！」

「それは、分からないけど……！」

天恵武姫（ハイラル・メナス）化によって、記憶（きおく）が失われたり改変されたりするのだろうか？

エリスやリップルを見ている限り、そんな事はないように思うのだが、それも本人達にも分からない範囲（はんい）でそうなっているのかも知れない。

天恵武姫（ハイラル・メナス）になる前のエリスやリップルを知らないので、何とも言えない事ではあるが。

ただ、今のリーゼロッテは確実に様子がおかしい。

しかも中央研究所に攻撃をしている。

もし記憶を操作したとしたら、大失敗なのではないだろうか。

「戦うつもりがないのならば、おどきなさい。あえて子供を折檻（せっかん）するつもりは、ありません」

「そういうわけには、いかないかな……！」

とは言え流石（さすが）にこの状況でリーゼロッテ相手に、戦いを楽しんでばかりもいられない。

ここは取り押さえて、何があったか詳しく調べなければ。

「ならば、容赦いたしませんッ！」

言って地を蹴るリーゼロッテ。

その背にはいつもの奇蹟の白い翼はないものの、踏み込みの速度はイングリスの知るリーゼロッテとは全く別物だった。

「……速いっ！」

繰り出される穂先を見切ってかわしたつもりが、髪が一房千切れて舞った。

こちらの想定を、向こうの攻撃が上回って来た証だ。

続いて繰り出される連続突きも、イングリスの服や肌を浅く掠めて行く。

エリスやシスティアの攻撃は、このままでも捌くことが出来たのに――だ。

体が小さくなったとはいえ、イングリスが弱くなったわけではない。

いやむしろ、日々絶え間ない訓練を繰り返しているイングリスは、霊素を使わない生身でも、あの頃よりも強くなっているはず。

それなのに、リーゼロッテの攻撃はイングリスを捉えて来る。

「なら……！」

避けるだけではなく、受け、捌く。

こちらも得物を用意する。竜魔術、竜氷剣だ。

ただし、発動のための間が少々必要だ。

イングリスは攻撃を避けつつ、大きく後ろに跳躍した。

「そこッ！」

だがその間すら、リーゼロッテは詰めて来る。

横薙ぎに振り払った斧頭から、先程の衝撃波が迸ってイングリスを捉える。

「……っ⁉」

あっという間に体が吹き飛び、中央研究所の壁に激突しかける。

ドガアアアァァアンッ！

壁が大きく弾け飛び、建物に大穴が穿たれる。

「クリスッ⁉」

「「おおぉっ……⁉」」

「「な、何て威力だ……！」」

慄く天上人達に向け、リーゼロッテが斧槍を振りかぶる。

「「こっちに撃って来るぞ！」」

「「お、おいみんな逃げろ！」」

しかしその衝撃波が放たれる事は無かった。

甲高い金属音がして、リーゼロッテの斧槍が組み止められたからだ。

青く澄んだ、竜の牙や爪を模した刃。

それは生きた竜のような、獰猛な唸り声さえ発している。

イングリスは一瞬だけ霊素殻を発動して衝撃波から逃れつつ、竜魔術を発動して再びリーゼロッテに斬り込んでいたのだ。

「駄目だよ。後で大変な事になるから……！」

「人を止めようと言う顔には、見えませんが？」

「ふふふ……っ！　リーゼロッテが強くなったから、かな？」

確かな手応えに、思わず嬉しくなってしまいそうになる。

こうして鍔迫り合いをしていても、こちらが押し込まれそうなほどだ。

明らかにいつものリーゼロッテより、いや同じ天恵武姫のエリスやリップルやシスティア達よりも、リーゼロッテの方が力強かった。

ヴィルキン第一博士が天恵武姫化の適性の話をしていたが、極度に適性の高いリーゼロッテは、天恵武姫化後も通常の天恵武姫とは一線を画した存在になるのだろうか。

「わたくしは、そのような名ではございません……！」

「えっ⁉　何を……⁉」

名前さえ忘れる程に記憶が乱れている？

いやそれとも、本当に別人の可能性もある？

確かにこの面前でじっくりと見れば、普段のリーゼロッテよりも少々年齢が上のように見えなくもない。

見えなくもないが、それが天恵武姫化の影響と言われればそうかも知れない。

「クリス、どうしたの⁉」

「リーゼロッテじゃないって！」

「ええぇっ⁉　じゃ、じゃあ誰なのよ……⁉」

ラフィニアの言う事も尤もだ。

別人というにはあまりにも似すぎている。声も、顔立ちも。

だが本人は違うと言う。

別人というより、天恵武姫化の影響を受け、記憶の混濁したリーゼロッテのように見えるのだが、実際の所はどうなのだろう。

その答えは、次の瞬間に出た。

「イングリス！　ラフィニア！」

「一体、どうなっていますの⁉」

頭上から、声がしたのだ。

見るといつもの白い翼の奇蹟（ギフト）で飛翔（ひしょう）したリーゼロッテが、レオーネを抱（かか）えてそこにいたのだ。

「「リーゼロッテ⁉」」

思わずイングリスもラフィニアも、驚いて声を上げてしまう。

「え、ええ……何ですの、そんなに驚いて？」

「いや、だって……！」

「見て、クリスと戦ってる人……！」

そこではじめて、レオーネとリーゼロッテは相手を認識したようだ。

「えぇぇぇぇっ⁉　リーゼロッテが二人……⁉」

「わ、わたくしにそっくりですわ……！　ど、どういう事ですの⁉　あ、あなたは何者ですか⁉　どうしてわたくしと、そんなに……⁉」

こうしてまじまじと見比べてみると、天恵武姫（ハイラル・メナス）のほうが少々大人びた容姿であるように思う。

リーゼロッテ自身が年齢よりも少し上に見えるかも知れないが、そのリーゼロッテがとても可愛（かわい）らしく見える。

逆に天恵武姫（ハイラル・メナス）のほうはとても洗練された花のような美しさだ。

だがしかし、今はその瞳は驚きに見開かれていた。

「それはこちらの台詞（せりふ）です……！　どうしてお前は、わたくしと……！」

「どちらにせよ、リーゼロッテじゃないという事は……！」

思い切り、戦ってしまっても良いという事だ！

イングリスは思い切り力を込めて、鍔迫り合いする斧槍（ハルバード）を押し込みにかかる。

「くっ……！　こんな小さな体でよく、これほどの力を……！」

「天恵武姫（ハイラル・メナス）が天上領（ハイランド）を襲うなんて、穏（おだ）やかではないですね……！　いよいよ三大公派と教主連合とで、直接戦争でも始めようとでも……⁉　楽しそうですね、わたしも混ぜて頂きたいものです……！」

リーゼロッテではないと言うならば、敵対勢力の天恵武姫（ハイラル・メナス）が攻（せ）めて来たという事になる。

三大公派、技公の本拠島（ほんきょ）であるイルミナスを襲うならば、相手は教主連合側になる。

血鉄鎖旅団の手の者であることも考えられるが、このリーゼロッテに瓜二つ（うりふた）の天恵武姫（ハイラル・メナス）が彼等（かれら）の下にいるのならば、リーゼロッテを目にした黒仮面やシスティアが何らかの反応

を示してもよさそうなものだが、今まで何もなかった。

それに彼女の侵入経路を考えた時、最も可能性が高そうなのは、ユーバーの船に潜んで乗り込んできたという事になるだろう。

ここは今や絶海の孤島であるし、外部からの立ち入りはヴィルマ達が管理している。

その中で外から来たのは、イングリス達かユーバーの船だけだ。

もしかしたら魔石獣に襲われていたのも、あえてそうして疑いを持たれないようにする、偽装の可能性もある。

だが彼等は地上の人間の奴隷を引き連れて来ており、それをイルミナスに売り渡すという行為も行っている。

実際にヴェネフィクのメルティナ皇女の姿を見たし、その言葉も聞いたのだ。

イルミナスに侵入する手段とは言え、地上の人間は守ろうとする血鉄鎖旅団の手法としては、少々考え辛い。

恐らく、血鉄鎖旅団とこの天恵武姫は無関係だろう。

となればやはり、教主連合側の直接攻撃の様相が色濃いと判断せざるを得ない。

アゼルスタン商会と言う隠れ蓑を被せてしらを切るつもりかもしれないが、それで押し通せる話なのだろうか。

下手をすると三大公派と教主連合の直接戦争に発展するのかも知れない。

いや、むしろそれが避けられない情勢だからこそのこの行動なのだろうか？

これまで三大公派と教主連合の対立は、地上の国を使った代理戦争のような形を取って来たと思うが、それが一歩進む現場を目の当たりにしたのかも知れない。

地上ではセオドア特使やウェイン王子が中心となり、国家横断的な組織である封魔騎士団を梃子に国々の融和を図ろうとしている。

その動きに対する報復、牽制という線も考えられるかも知れない。

ここイルミナスはセオドア特使の出身地だ。

ただ、地上側から見ればどちらも同じ天上人である事には変わりはなく、ある意味決着をつけてくれた方がどちらに従うか明確になっていいかも知れない。

自分達にその争いの矛先が向かなければ、という但し書きが付くが。

イングリスとしては、目の前に戦ってもいい強敵を出来るだけたくさん並べて頂ければ、それ以外は何も望まないが。

「三大公派との戦争？　何を勘違いしているのか知りませんが……教主猊下は、そのような蛮行をお望みにはなりません……そしてそのような事を行う意味もありません」

「意味がない？」

では今行っているこの襲撃は、何だと言うのだ。

教主連側から三大公派への攻撃ではないと？

「それは、どういう……!?」

「あなたは、戦いよりお喋りがお望みですか……!?」

そう言われてしまっては、答えは一つである。

「いいえ！　手合わせ！　お願いします！」

「では……！　たあああぁぁぁぁぁぁっ！」

猛然と繰り出される、斧槍の連続攻撃。

イングリスもそれに呼応し、竜氷剣の刃を繰り出す。

「ありがとうございます！　はあああああぁぁぁっ！」

ガガガガガガガガガガガガガガガッ！

高速で打ち合わされるお互いの武器が、激しい衝撃音と余波を撒き散らす。

剣を振る速さは少しだけこちらが上、武器の強度はあちらが上だろうか。

得物が打ち合うたびに、少しずつ竜氷剣が欠けて行くのが分かる。

だがその均衡(きんこう)はすぐに破れる。

「……枷(かせ)よ！」

向こうが斧槍(ハルバード)の石突きで地面を突(つ)いた瞬間、イングリスの体ががくんと一気に重くなる。

「……！　超重力(ちようじゆうりよく)っ⁉」

イングリスが修行(しゆぎよう)のためによく身に纏っているのと同種のものだ。

それが周囲の空間へと展開されていた。

今のイングリスは、当然超重力の負荷は解いている。

竜魔術は、魔術と竜理力(ドラゴン・ロア)の組み合わせ。

これを使う以上、超重力は使えなくなる。

つまりこれはイングリスの動きに、確実に影響を及ぼすものだ。

「おお……！　いいですね……！」

先程イングリスを弾き飛ばした衝撃波と、この超重力は全く別種の力のように思う。

エリスやリップルも高等な奇蹟(ギフト)に近い特殊(とくしゆ)な力を操るが、それは一人一種のものだったはず。

こちらは明確に異なる二種の力を操っている。ここにも違いを感じざるを得ない。

しかも、ここに駆け付けてくる前は遠目に光が迸るのが見えたから、その類(たぐ)いの力もあるかも知れない。
　更に まだ見ぬ別の力も──
「追風っ！」
　ビュウウゥゥゥンッ！
　激しく渦巻くような気流が、あちらの体を覆う。
　それが体の動きに合わせて向きと方向を変え、斧槍を突き出す動きを加速させた。
　本人が口に出した通りの、追風だった。
　こちらの身体は重くなり、相手の動きは速くなる。
　つまり、あっという間に打ち合いを形勢不利に持って行かれる。
　バギイイイィィィンッ！
　打ち下ろされる斧頭を苦しい姿勢で捌いた瞬間、竜氷剣が音を立てて砕け散る。
「ふふふ……！　素晴らしいです！」

竜氷剣のみの打ち合いでは、明らかな不利を否めない。

それは何も悔しがることではない。喜ばしい事だ。

強い相手は、何人いてもいいのである。

「笑っている場合なのですか……!?」

冷たく鋭い表情で、イングリスの眉間に向けて穂先が繰り出される。

「さあ、どうでしょうか……!? はあぁぁっ！」

霊素殻！

青白い霊素の輝きに包まれたイングリスは、突き出される斧槍の穂先を片手で無造作に掴み、受け止めた。

「何……っ!? くっ……!?」

あちらが顔色を変えた瞬間、イングリスは既に次の動きに移っていた。

穂先から手を放すと相手の懐に踏み込みながら身を捻り、膝蹴りを放つ姿勢を整えていた。

ガイイイイインッ！

そして響(ひび)き渡ったのは、金属を叩(たた)く衝撃音だった。

イングリスの膝蹴りは、斧槍(ハルバード)の柄(え)を撃っていた。

「くううぅっ……!?」

勢いに圧(お)されて後ずさりする天恵武姫(ハイラル・メナス)。

足鎧が足元の石畳(いしだたみ)を擦(こす)った跡が、轍(わだち)のように続いて行く。

「やはり……! あなたは、天恵武姫(ハイラル・メナス)の中でも一味違う感じがしますね?」

この状況のこの膝蹴り。

血鉄鎖(けってつさ)旅団のシスティアは反応できずにまともに受け、膝(ひざ)をついていた。

だがこちらは、圧されはしたものの反応して受けてみせた。

これははっきりと分かる明確な違いである。

イングリスの認識(にんしき)としては、天恵武姫(ハイラル・メナス)は皆(みな)横並びの実力者達だと思っていたが、どうやら違うらしい。明確に一枚上手だ。

この先の底がどこにあるのかは分からないが、天恵武姫(ハイラル・メナス)の本領は、やはり武器化だ。

どのような使い手が現れるかにもよるだろうが、ひょっとしたら武公ジルドグリーヴァにも匹敵する戦力を発揮してくれるかも知れない。

実は先日の虹の王(プリズマー)との決戦に勝利してからは、次に戦う相手の心配をしなくも無かったのだが、そんな事は杞憂だった。

世界はまだまだ、強敵に溢れているのだ。

そして不穏だ。

天上人の二大派閥間での戦争など無いと彼女は言うが、始まるまでは皆そう言うのである。

こちらは望まないが、やむを得ず戦わざるを得ない。これは自衛のための戦いだ、と大義名分を上手く整える事が、戦争を始めるための第一歩なのだ。

つまるところ、かなり期待できる。腕が鳴るではないか。

「……わたくしは、天恵武姫などではありません……！」

「え？　違うのですか？」

この気配と力の感じは、間違いなく天恵武姫だと思うのだが。

「天恵武姫は、地上に破棄される粗悪品の呼称……！　わたくしは違う……！　教主猊下をお守りする大戦将……！」

「大戦将……？　イーベル殿と同じ……」

大戦将と聞くと思い出すのはイーベルの事である。

神竜フフェイルベインを機神竜と化し、天上領へ去って行ってしまった。

三大公派では大戦将と呼ばれる肩書の者はいなかったので、教主連側での地位を示すものなのだろう。

かなり高位の存在であるのは間違いない。

天恵武姫化の処置を受け、特に適性が高く能力的に秀でる者は地上に下賜されずにそのまま天上領に残されるのだろうか。

今の口ぶりを聞く限り、彼女は教主の直属のようだ。

そしてそのことを誇りに思うあまり、地上に下賜された天恵武姫とは違うという意識が芽生えるのかも知れない。

どちらにせよエリス達が聞いたら、あまりいい顔はしないだろう。

「……ただの天恵武姫ではない、という事ですね。確かにあなたの力はエリスさん達を上回っている……差し支えなければ、お名前をうかがっても？　申し遅れましたが、わたしはイングリス・ユークス。所用でこちらに来させて頂いた、騎士アカデミーの学生です」

イングリスは改まって丁寧に一礼をする。

「……シャルロッテ。大戦将——シャルロッテ」

ぶっきらぼうだが、返事が来た。

名前までリーゼロッテに似ている、という印象である。

「ええええええええぇぇぇぇぇっ⁉　そ、そんなまさか……⁉」

その名を聞いたリーゼロッテが、心底驚いたような大声を上げげる。

「リーゼロッテ……⁉」

「ど、どうしたの……⁉」

「シャルロッテは……！　シャルロッテはわたくしの母の名ですの！」

「「えええええぇぇぇぇっ⁉　お母さんっ⁉」」

確かに単に空似とは思えない程二人は似ているが、年齢が親子ほど離れているようには
とても見えない。せいぜい姉妹だ。

だが天恵武姫は天恵武姫化の処置を受けた時から歳を取らない。

もし取っているとしても、非常に緩やかであるのは間違いない。

「は、母はわたくしが物心つくかどうかの頃に亡くなったと……！　そう聞かされており
ましたが、ですが……！　まさか天上領に連れ去られて、天恵武姫に……⁉」

「あり得なくもない……のかな……⁉」

リーゼロッテを産んで、物心つく前に生き別れたのなら、このくらいの外見年齢であっ
ても頷けなくもない。

エリスやリップルと同じか、少し上くらいの印象だ。

明らかに他の天恵武姫(ハイラル・メナス)より一段上の実力は、天恵武姫化(ハイラル・メナス)への適性の高さがそうさせるものなのかも知れない。

ヴィルキン第一博士の見立てでは、リーゼロッテも極端(きょくたん)に適性が高いという事だった。

そこには共通点――血筋、血縁(けつえん)。そう言ったものを感じる。

エリスは天恵武姫化(ハイラル・メナス)に気の遠くなるほどの長い年月がかかったようだが、リーゼロッテは下手すれば半日とまで言われていたのだ。

リーゼロッテを産んだシャルロッテが数年後に天恵武姫化(ハイラル・メナス)され、余りの性能の高さゆえに地上に下賜されず、大戦将(アークロード)として天上領(ハイランド)に留め置かれている、という事だろうか。

本人やアールシア元宰相(さいしょう)の話を聞いてみない事には、はっきりと断定はできないが。

「何を言っているのですか、お前達は……!?」

シャルロッテのほうはリーゼロッテのような反応は見せず、どちらかと言うと不快そうに眉(まゆ)を顰(ひそ)めると言う様子だった。

「あの……！　家名は何と申されますの!?　アールシア……！　シャルロッテ・アールシアではございませんの!?」

「アールシア……!?　そのような名など、知りません……！」

「ではあなたはどちらの御出身(ごしゅっしん)で、家名は何と仰(おっしゃ)いますの!?　天恵武姫(ハイラル・メナス)といえども元は人間、親もあれば故郷もあるはずですわ！　ご家族はおられませんの……!?」

「知りません……！　わたくしは大戦将（アークロード）……！　お前など！」

「ですが……！　ほら見て下さい、このわたくしとあなたの顔立ちを……！　とても他人の空似では片づけられないくらいに、よく似ていると思われませんか……!?」

リーゼロッテはイングリスの近くに降り立つと、斧槍（ハルバード）の穂先をシャルロッテに向けぬよう下に向け、ゆっくりとそちらに近づいて行く。

「あなたが何もお話しになりたくないと言うのであれば、わたくしが話しますわ……！ですから、わたくしの話を聞いて下さい……！」

「……確かに、おまえはわたくしに似過ぎている……とても偶然（ぐうぜん）とは思えないくらいに」

近づいてくるリーゼロッテに、シャルロッテはすぐに攻撃（こうげき）を仕掛（しか）けようという気配ではなかった。

流石にシャルロッテから見ても、リーゼロッテの存在は他人のよう思えないのだろう。

「だ、大丈夫（だいじょうぶ）かしら……？　あんなに無防備に近づいて……」

と心配するレオーネの言う事ももっともではある。

「……わたし達がしっかり見てあげて、大丈夫なようにするんだよ？　もしも本当にリーゼロッテのお母さんだったとしたら、止められないしね？」

イングリスだって母セレーナが同じような状況になれば、今のリーゼロッテと同じことをするだろう。当然のことである。

そしてそれが当然のことであるように、力を貸すのは吝(やぶさ)かではない。

ラフィニアもきっとそうしろと言うはずだ。

ばしっ！

背中をちょっと痛いくらいに叩かれる。

「その通り……！　たまにはいい事言うわよ、クリス！」

ちょうどラフィニアも星のお姫様(スター・プリンセス)号から降りて来ていた。

「あはは……ちょっと痛いよ、ラニ。さっきからずっとちゃんとしてたと思うけど？」

イルミナスの裏の顔を知り元気がなかった所を、話を聞いて慰(なぐさ)めてあげたのだが？

「でもそうね、イングリスの言う通りだわ。今までいっぱい助けて貰(もら)ったもの……！　今度は私達がリーゼロッテを……！」

「うん、そうそう！　きっとリーゼロッテのお母さんよ……！　絶対取(と)り戻(もど)させてあげなきゃ……！」

「そしたらお母さんも、騎士アカデミーの教官になってくれると嬉しいよね？」

「強い人を何でもかんでもアカデミーの教官にしようとするの、止めなさいよね！　すっかりロシュフォール先生とアルル先生で味を占めちゃったんだから……！」

様子を見守るイングリス達の前で、リーゼロッテはシャルロッテに語り掛ける。

「わたくしは、リーゼロッテ・アールシア。カーラリア王国のアールシア公爵家の一人娘です。カーラリア王国はご存じでしょうか？」

「……地上にある比較的大きな国だ。三大公派に取り込まれた哀れな国でもある」

教主連合としてはカーラリアをそう捉えているという事だろうか。

あくまでシャルロッテ個人の認識かも知れないが。

「カーラリアの西の海岸に、シアロトと言う大きな街がありますの。白の海岸と呼ばれるとても美しい砂浜が有名な観光地ですわ。アールシア公爵家はそのシアロトを中心に、多くの領地を抱えております。わたくしもシアロトの街の出身ですわ」

「シアロト……」

「ええ！　ひょっとしてご存じですか……!?」

「地上の街の事など、大戦将が知るはずがない……！　話はそれだけですか……!?」

「いいえ、その……！　父の名はアルバート。アルバート・アールシアですわ。実は父のほうが入り婿でして、先代アールシア公爵の娘であった母と結婚して、アールシア公爵家をお継ぎになったのですわ」

と、リーゼロッテは少々早口になって言う。

「へえ……そうなんだ」

「知らなかったわね」

それはむしろこちらも知らなかった。

確かにイングリス達も顔を合わせたアールシア元宰相の印象は、貴族と言うよりも優秀な役人のような雰囲気だったように思う。

「それがどうしたと言うのです……!?」

「それでその、わたくしの母もシアロトの出身で……そのお母様の名前が、シャルロッテ――ですの。わたくしが物心つくかつかないかの頃に亡くなったと聞いておりますけれども、お母様を知る人達からは、わたくしはお母様によく似ていると言われますの……！アルバートやリーゼロッテの名に、聞き覚えは御座いませんか……!?」

「知りません……！　知りませんが……不思議と――何か……う、うう……!?」

シャルロッテは頭を押さえて少しふらついていた。

その拍子に手から斧槍が滑り落ち、地面に落ちる。

「あ……！　だ、大丈夫ですか……？」

リーゼロッテが手を差し伸べようとした時――

横から割り込んだ別の人間の手が斧槍（ハルバード）を拾い上げ、正面のリーゼロッテに向けて投げつけた。

「……っ⁉」

戦うつもりの無かったリーゼロッテは、完全に虚（きょ）を衝（つ）かれていた。

胸元（むなもと）に向け、吸（す）い込まれるようにシャルロッテの黄金の斧槍（ハルバード）が突き進む。

その勢いは、並のものではない。

明らかに人間離（ばな）れした腕力（わんりょく）で投げつけられた高速だ。

「リーゼロッテ！」

バシッ！

だがその高速の投擲（とうてき）は、リーゼロッテの寸前でぴたりと止まる。

イングリスがリーゼロッテの前面に出て、斧槍（ハルバード）を受け止めたのだ。

レオーネに言った通り、しっかり見ている。

霊素殻（エーテルシエル）の状態を維持（いじ）し、いつでも間に入れるように備えていた。

「イングリス……！」

「クリス！　ナイス！」

「た、助かりましたわ。イングリスさん……！」

「ううん。わたし達がちゃんと見てるから、リーゼロッテは話せるだけ話してみたらいいよ？　もし本当にお母さんなら、取り戻したいと思うのは当たり前だから。ラニもレオーネも同じだって」

「みんな……ありがとうございます！」

「その代わり無事に帰ってきたら、お母さんに騎士アカデミーの教官になるように勧めてね？」

「え？　ええ……」

「こら、クリス！　どさくさ紛れに自分の要求を押し通そうとしない……！」

　しっかり聞かれていた。ラフィニアのお小言が飛ぶ。

　イングリスはゴホンと咳払いをして、あちら側の闖入者に注意を向ける。

「せっかくの水入らずの時間ですし、無粋な事をされては困るのですが？」

　リーゼロッテがシャルロッテと話すのは、イングリスにとっても、ひょっとしたら新たな教官を引き抜く絶好の機会かも知れないのだ。

　これを邪魔するものは見過ごせない。

「この距離であれを受け止めるなんて……しかもこんな小さな子供が……？」

そう目を見開いているのは、青緑色の長い髪を、可愛らしく結い上げた少女だ。

清楚さを感じさせる顔立ちと、やや体の線が見えやすい服装に浮き上がる、女性らしい成熟した肢体。

可憐さと妖艶さとを両方兼ね備えた、恐ろしいくらいに魅力的な女性だ。

身に纏う気配は、独特の存在感と迫力のある天恵武姫のそれ。

そしてその顔には、見覚えがある。

「あなたは……！　ティファニエさん……!?」

天上領の教主連合側の天恵武姫だ。

イングリス達がアルカードに遠征している時に、リックレアの街の周辺地域を荒らし回っていた。

大戦将のイーベルの配下にあったようで、アルカードでの作戦を引き継いで行動していたという話だったはずだ。

イーベルはカーラリアの王宮では戯れにカーリアス国王の腕を切り落とすような、残虐な性格だが、ティファニエ自身もそれに輪をかけたような性格である。

彼女が荒らした、リックレアの街の周辺はひどいものだった。

それに、ティファニエはラフィニアに攻撃し命を狙おうとした。

イーベルはラフィニアには攻撃をしようとしなかったため、その点で言えばティファニエのほうが圧倒的に罪深い。

その事は、イングリスとしてはまだ許していないし、今後もずっと許さない。絶対にだ。

「あなた、私の事を……？」

「ええ、それはもう。今は事情があって子供の姿ですが、イングリス・ユークスです。お久しぶりです、ごきげんよう」

イングリスはたおやかに微笑んで、丁寧に一礼した。

「……！　なるほど、ごきげんよう。相変わらず訳の分からない子ね」

あちらもたおやかに、微笑み返して来る。

一度は戦って敗れた相手に、何事も無かったかのようなこの態度。

肚の底が見えず、なかなか油断のならない相手だ。

「そちらは、お元気そうで何よりです」

イングリスとの戦いで負った傷も、見た所完全に治っていそうである。

そしてリーゼロッテの隙を突いて斧槍をいきなり投げつける今の行動を見ても、正々堂々という性格でないのは明らか。

見た目は誰よりも可憐で清らかそうなのに、中身はそれを裏切ってくる。

「ですが挨拶も無くいきなり攻撃するのは、どうかと思いますが？」

それでは、せっかくの戦いが楽しめずに終わってしまうかも知れない。

不意打ちや闇討ちの類いは、相手の力を出させずに戦いを終わらせてしまう危険な行為。

そんな楽をして勝っても、自らの成長の機会を奪うだけである。

「そうよそうよ、相変わらず可愛いだけで性格悪いわね！」

「ふふっ……何もできない子犬が喚いても、キャンキャン五月蠅いだけね？」

ラフィニアとティファニエは、性格的にあまり相性がよろしくない。

正義感が強く性善説でものを考えるラフィニアと、目的のために手段を択ばないティファニエは、お互い癇に障る相手らしい。

「何を……！」

「違うのかしら？　あなたはこの子がいなければ何もできない虎の威を借る狐。悔しければ一人で私と向き合ってみなさいね？　うふふっ」

とても可憐な、花のような笑顔がラフィニアを挑発する。

「借りてないもん！　クリスのものはあたしのもので、あたしのものはクリスのものなだけだし！　ずっと一緒なんだから、それでいいの！」

「ラニの言う通りです。ご批判には当たりませんよ」

「クリスの言う通りよ！　べーっだ！」

子供のように舌を出すラフィニア。

本人は真剣に怒りを露にしているのかも知れないが、その仕草だとちょっと可愛く見えてしまうかも知れない。

そしてティファニエに対して文句があるのは、ラフィニアだけではないらしい。

「何をしている……⁉　どういうつもりです……⁉」

シャルロッテがティファニエを睨みつける。

同時にイングリスが握っていたはずのシャルロッテの斧槍が消失し、あちらの手の内に再出現した。

空間を跳んで、引き寄せたという事か。

本当にシャルロッテは色々な種類の力を使う。

許されるならこのまま持って帰りたかったが、残念である。

「それはこちらの台詞では？　私は敵を前に手を拱いているあなたを、助けて差し上げただけですが？」

シャルロッテに対し、ティファニエはとぼけるように小首を傾げる。

「要らぬ世話です。地上に放り捨てられるような失敗作の助けなど……！」

「それは失礼いたしました。では完全なあなたの力で、お早くその娘達を始末なさってはどうです？　私達は遊びに来たわけではないでしょう？」

「……ですが、この者を討つことが任務でもありません」

「おや？　自分と似た顔の娘は殺せない、と？　何故です？」

「それが分かれば苦労など……何故この娘と、わたくしは……」

苦虫を嚙み潰したような顔をするシャルロッテに、ティファニエはこれ見よがしに嘆息する。

「自分自身の事も分からないだなんて、それで教主様にとって信頼に足る手駒なのでしょうか？　どちらが成功で失敗なのやら……ね？」

どう見ても、シャルロッテとティファニエの仲は良好のようには見えない。

天恵武姫の同時展開は中々夢のある陣容だが、エリスとリップルのような無二の親友という関係でなくとも、もう少し仲良くして頂かないと心配だ。

何が心配かと言うと、無論戦闘時の連携が、である。

イングリス自身は自らの最大限の成長のために、人の手を借りずに一人で戦いたい。

だが、相手が複数なのは全く問題ない。むしろ大歓迎だ。

天恵武姫を超えた天恵武姫であるシャルロッテと、天恵武姫には珍しく、勝つために手段を選ばない狡猾さを持つティファニエ。

なかなかに心惹かれる戦いだ。

「まあまあ、ではまずリーゼロッテの事は後で考えるとして、わたしと戦いませんか？　であれば特に迷う事もないかと思いますが？」

「何故ですか？」

「話の腰を折らないでもらえるかしら？」

そこは二人とも意見が一致して、イングリスの相手をしてくれなかった。

「どうしてですか……!?　わたしは敵ですよ？　敵は倒すべきものです！」

「わたくし達は、敵を討つために来たわけではありません」

「では、何だと……？　ここを攻撃しているのは何故です？　そもそも先程は戦って下さったのに……！」

ここからが面白くなってきそうな所なのに、水入りは頂けない。

「まあ、今に分かるわ。大人しく見ておいでなさい？」

「ティファニエ。あなたがここに現れたという事は、準備は終わったという事ですね？」

シャルロッテはティファニエが動くための時間稼ぎをしていた、という事だろうか？

「ええ、手抜かりなく。後五つ、ですね」

ティファニエは魅力的な微笑を浮かべる。

「五、四……」

ティファニエが指を折り数え始める。

「な、何……!?」

「何が起きるの……!?」

「みなさんとにかく、固まりましょう!」

取り敢えず様子見で出来るのは、そのくらいだろう。

「一……ゼロ」

と同時に――

ドガガガガガガガガガガガガガガガガガガガアアアアァァァァァッ!

「なっ……!?」

巨大な轟音と激しい揺れが、その場に響き渡る。

轟音はどちらからともなく全周囲から轟き、あまりの大きさにラフィニア達の声が聞こえないほどだ。

そして足元の揺れは、ラフィニア達が立っていられないほどだった。

それが何故起きているかと言うと、爆発だ。

無数の爆発。本当に数えきれないほどの爆発と炎がイルミナス中から立ち上っていた。

あっという間に白亜の街が、炎に焼かれた窯の中のような光景に一変していた。

「ラニ！　みんな、大丈夫……!?」

何はともあれ、尻もちをついてしまったラフィニアに手を差し伸べる。

「な、何よこれ……こ、ここって天上領の中心でしょ……？　こ、こんな事が起こっていいの……？」

「こんなの一体どうやって……？　こんなにも一斉に、街が……！」

「ま、街中に住民の皆様が残っていたら、一体どれだけの被害が……？」

一瞬にして目の前で繰り広げられた地獄のような光景に、ラフィニア達は戦慄し、呆気に取られているようだ。

無理もない。イングリスも流石にこれには驚いた。

このイルミナスの規模はカーラリアの王都カイラルに匹敵するほどだが、それが一斉に火の海だ。目を見張るほどの巨大な破壊行為である。

「「「な、何だと……!? こ、こんな事が……!?」」」

「「「お、俺達のイルミナスが……!?」」」

「「「ば、馬鹿な……!?」」」

中央研究所の天上人達も唖然としていた。

「ふふふっ……天上領をこんなにもメチャクチャに破壊しても構わないだなんて、中々いい任務よね？　自分達だけ安全な空でのうのうと暮らしている連中の顔に、思い切り泥を塗ってやれるんですものね？」

ティファニエは実に嬉しそうな、恍惚とした笑みを浮かべている。

「あなた達も笑っていいのよ？　偉そうな天上人達が右往左往するのはほら、痛快でしょう？」

「だ、誰が……！　こんなの見て喜ぶなんて、出来るわけないでしょ！」

「ええ……！　こんな酷い事、見過ごしてはおけないわ……！」

「どうして……！　どうしてこんな恐ろしい事をなさいますの……!?」

リーゼロッテがシャルロッテに訴えかける。

「……わたくしは、大戦将……！　教主様のために為すべきを為す。それだけです……！」

「ですが……！　こんな無差別攻撃……！」

「シャルロッテさん。あなたは三大公派と教主連合の直接戦争などないと仰っていましたが、この光景はまさに戦火……こんな事をして戦争にならないとでも？」

「それをわたくし達が行えば……そうなるでしょう」

「あくまでこちらは少々手を貸しただけ……ですのでね？」

「え……？　それはつまり――？」

「まあ、あまり気に病む事でもないのではないですか？」

その割り込んできた声は、よく通る低い男性の声だ。

片眼鏡をした、背の高い枯葉色の髪の青年である。

「ユーバーさん……!?」

「も、もしかして……！」

「あの方も、敵に協力を……!?」

ラフィニア達がユーバーの登場に驚いている。

「ユーバーさん。やはりあなたが協力されていたのですね」

「おや？　お見通しでしたか？」

「いえ、状況証拠的に推測しただけです。こちらの天恵武姫のお二人がイルミナスに侵入するには、やはりあなたの船に潜んでいた線が一番濃いかなと」

「なるほど……ですが念のためお伝えしておきますが、船内でお話させて頂いた私の話に偽りはありませんよ？　その上でお聞きしたいのですが……」

「何でしょう？」

イングリスがそう応じると、ユーバーはイングリスだけでなく、ラフィニアやレオーネやリーゼロッテにも視線を向けて問いかけて来る。

「あなた方にとって、敵とは何です？　自らの命を、尊厳を脅かす者ではないですか？　今私達を敵と仰いましたが、今このイルミナスの地で、本当にそれで良いのですか？　魔素流体のお話は、嘘偽りのない事実。彼等は無辜の住民の顔をしていますが、実態は最も恐ろしい天上領です。無くなってしまった方がいい……そうは思いませんか？　私はそう思いますが？　私も地上の人間ですからね」

「そ、それとこれとは……！」

ラフィニアの言った一言に、ユーバーの瞳が俄かに輝きと鋭さを増す。

「別などと言うのは、逃げに過ぎない……！　ただ目の前に何が映るか、それだけの事に流されている……！　ここを野放しにしておけば、確実に我々地上の同胞が人の意思も尊厳も、形すらなく命を奪われて行く……！　それを止めたくはないのですか……!?」

「う……！」

「そ、それは……」

「それはそう、それはそうですが……」

ラフィニアもレオーネもリーゼロッテも、ユーバーの一喝に下を向いてしまう。

「なるほど……あなたがあの話をわたし達にして下さったのは、この状況でこちらの戦意を殺ぐためですね？　なかなか上手い手を使いますね」

ラフィニアもレオーネもリーゼロッテも、みんな心根の優しい、いい娘達だ。

そのラフィニア達にあんな魔素流体の話を聞かせれば、当然大きな衝撃を受ける。

そしてその衝撃が大きければ大きいほど、この事態は放っておいた方が魔素流体が造られるのを止める事に繋がると言われた時に、動きが止まる。

確かにそうかも知れない、と思ってしまうからだ。

結果的に、邪魔されたくないユーバーの思う通りになってしまう、という事だ。

善悪や倫理的な問題はおいておくとして、ユーバーとしては上手く相手を動かすことが出来ているわけだ。

「……人の厚意を無下になさる方だ。私は何も知らぬことは不幸だと思い、教えて差し上げただけですよ？」

「意地の悪い事を言えば……全てが嘘の可能性もありますよね？」

こちらも魔素流体の話の裏を完全に取ったわけではないのだ。

恐らく真実だろうが、ユーバーが親切だけでそれを教えたとも言い難い。

「では……証拠をお見せしておきましょうか？」

と、ユーバーはイングリスから見て右手の方角に、視線を向ける。

それは、大工廠や飛空戦艦のドックがあった場所だ。


ドガアアアアアアンッ！


施設の壁を突き破り、何か巨大な影が立ち上がった。

「な、何あれ……!?」

「きょ、巨人……!?」

「あ、あんなものが……！」

機竜より遥かに大きく、下手すれば神竜フフェイルベインに匹敵するほどの巨大さかもしれない。

体型はレオーネが言った通り完全な人型で、巨人という言葉が相応しい。

だがその様相の異様さは、目を見張るような巨体だけではない。

肌は青黒く、生理的な嫌悪感を掻き立てるような色をしている。

そして何よりその頭部には、頭髪はもとより目や耳や鼻も、本来生物の頭部にあるべき一切合切が存在していなかった。

まるで色の悪い、巨大な人形。無貌の巨人だ。


ガアアアアアアァァァァァアアアア………………ッ！


一体どこから出ているのか分からないが、大きな唸り声が上がる。

「か、顔の無い巨人……⁉」

「え、ええ……！　大工廠から立ち上がったわ……⁉」

「な、なんだか凄く不気味な姿ですわ……！」

「あれが皆さんもお会いになっていた、兵士達の鎧の中身ですよ？　あそこにあった魔素流体を一まとめにしているが故、少々大きいですがね」

無貌の巨人は炎に包まれた大工廠に拳を振り下ろし、無差別に破壊し始める。

巨体の割に凄まじい勢いで繰り出される拳に、あっという間に周辺が崩れていく。

「見て下さい……！　人の形さえ奪われ、尊厳を踏みにじられ殺された怒りを晴らすかのようです……！　素晴らしい姿ではないですか……⁉　美しささえ感じますよ……！」

「……それだけでは、ないですね？　あなたの手も加わっていると推測します。もう一つの気配を感じますので」

「クリス……！　どういう事……⁉」

「確かにあれは、魔素流体を一まとめにしたものなんだろうけど……でも、不死者の気配も感じる……！」

「不死者……？　それってレオーネのお屋敷を襲ってきた奴等よね……⁉　リーゼロッテも襲われたって……！」

「ええっ……⁉」

「あ、あれと同じなのですの……⁉」

「うん、多分ね。わたし達が前に見た普通の不死者は、死体に魔印武具の奇蹟をかけて生み出したものだろうけど……あれは大量の魔素流体に、奇蹟を使ったんだよ」

「ふふふ……魔素流体は人間を液状化した狂気の液体。いわば死肉のジュースです。それを不死者の素材とした時にどうなるか、是非一度試してみたかったのですよ」

折からイルミナス全体で起きていた爆発に加え、無貌の巨人が暴れ回った事により、大工廠の一角は完全に崩壊しつつあった。

地面が割れて崩れ、イルミナス本体から切り離されると、その一角が水没して沈んで行く。

ここは絶海の真ん中の深い海。イルミナスの浮力から切り離されてしまうと、水に沈む単なる瓦礫である。

一方無貌の巨人のほうは、身を翻して高く飛び上がると、地面の崩落を避けていた。

「だ、大工廠が……！」

「し、沈んで行くわ……！」

「あの巨体で何て素早い……！」

深刻な様子で巨人の様子を見ているラフィニア達。

「わあ、お上手お上手。なかなかのものねえ」

対してティファニエは、笑顔でぱちぱちと手を叩いている。

まるで子供のお遊戯会を見守っているかのようだ。

「ええティファニエ殿。流石に天上領において最も邪悪と言っても過言ではない素材と、死者を冒涜する邪悪なる奇蹟の組み合わせ。その業の深さが力になる……上々の性能ですよ」

ユーバーも片眼鏡に手を触れながら、穏やかに微笑んでいる。

イングリス達と話していた時と全く変わらないような調子だ。

「見た所……その片眼鏡が魔印武具ですね。かなり強力な魔印武具だとお見受けします」

武具の姿をしていないが、正体を隠して偽装するにはいいかもしれない。

カーラリアが所有する神竜の牙や神竜の爪のような、超上級とも言える強力な魔印武具の一種だろう。

あれらの魔印武具の特徴は、神竜フフェイルベインに近い強大な竜の牙や爪そのものを組み込んでいる事だ。

それが通常の魔印武具を超えた力の源となっている。

となるとこの魔印武具にも、その種のものが使われているという事になるだろう。

不死者を生み出す奇蹟となると――恐らくは究極の不死者とも呼ばれた存在、不死王の体の一部が使われているのだろう。

しかし、不死王と言えば一体しかイングリスはその存在を知らない。

竜達のように神竜と言われる強大な存在が複数いるわけではないはずだ。

そしてそれは、前世でイングリス王が封印した。

神竜フフェイルベインと同じく、倒し切る事は出来ずに封印せざるを得なかったわけだが、もしその封印を破って不死王を引き出したのだとしたら、人が封印したものをぞんざいに扱ってくれるものだ。

体の一部を切り出して魔印武具に加工できているのだから、倒す事は出来た、と判断しても良いのだろうが。

正真正銘の神が生み出した狭間の岩戸がグレイフリールの石棺なる名前で、天恵武姫の製造施設にされている事を思えば、ただの地上の王が封印した魔物を掘り起こすくらい、大した事は無いかも知れないが。

「流石、お目が高い。虹の王を倒した豪傑なだけはありますね。イングリス・ユークス殿」

その事は、ユーバーには言っていなかったはずだ。

つまり、ユーバーは最初から知っていたという事になる。

そして不死者を操る魔印武具の存在――ならばその正体には、心当たりがある。

イルミナスに発つ前、ロシュフォールとアルルから聞いた事だ。

「……ユーバー・アゼルスタンと言うのは、本当の名ではありませんね？」

イングリスがそう問いかけると、ラフィニアが吃驚した声を上げる。

「ええっ⁉　違うの……⁉　じゃあ、誰よ……⁉」

「ほら、ラニ。思い出して、ここに来る前ロシュフォール先生とアルル先生と話したでしょ？　ヴェネフィクには不死者を生む魔印武具を持っている将軍がいるって……確か名前は、マクウェル将軍――」

「あ……！　た、確かに言ってたかも……!?　でもロシュフォール先生は、性格最悪でそれが顔に出てるから、一目で嫌いになる顔だって言ってたけど……？」

「……今思ったら結構抽象的だったね」

もっと詳しく聞いておけばよかったかも知れない。

「ふふふ……認識の相違というものでしょう。国を裏切ってカーラリアに降った将と、変わらぬ忠誠を貫く私と、どちらが性格が悪いのでしょうね？」

「レオーネやリーゼロッテはあなたの操る不死者に襲われていますし、いい勝負ではないでしょうか？」

「ははは、これは手厳しい」

「じゃあやっぱりユーバーさんなんていなくて、マクウェル将軍なのね……！」

ラフィニアの言葉に、ユーバー、いやマクウェル将軍はすっと手を挙げる。

「いや、私は確かにマクウェル・ロクウェル。ヴェネフィク皇帝にお仕えする将の一人です。が、一つ訂正しておきますと、ユーバー・アゼルスタンは実在しますよ？　アゼルスタン商会もね。今回のお二方との作戦に際して、アゼルスタン商会を接収しました。素直に従って頂けなかったため、少々手荒い真似はさせて頂きましたが……ね？」

「……！　殺して奪ったって事ですか……!?」

ラフィニアが眉を顰める。

「ははは、まさか。元気にしているじゃあないですか？　あそこで、ね……」

そう言ってマクウェルが指差すのは、暴れ回る無貌の巨人だ。

「な……!?　じゃあ……！　捕まって、商会の船に乗せられていたのね……！」

レオーネの言葉にマクウェルが頷く。

「左様。意見を違える者をただ粛清するなど、野蛮極まりない。彼等がこの先、我がヴェネフィクを守護する盾となってくれる事でしょう。国を思う気持ちは彼等も同じ……共に手を取り合う事は、美しい事だと思いませんか？」

「どこが……！　人をあんな姿にして、思い通りに操って！　ただ殺すよりよっぽどひどい……！　どうしてそんな酷い事が……!?」

「彼等を魔素流体にしたのはこちらの方々ですよ？　私を糾弾するならば、悪だと言うならば、まずはこちらにこそ言うべきではないのですか？」

「そうだけど……！　でも、あなたも一緒です……！　全部分かってて、どうしてこんな事を……!?」

「分かっているからですよ。だからこそ悪の根を叩き潰そうとしている。手法が五十歩百歩なのは百も承知です。が、非力な地上の我々に、手段を選ぶ余裕などないのです。毒を以て毒を制す……彼等が最後の魔素流体です。その覚悟で、私はあれを造り出しました。先程も言いましたが、イルミナスの崩壊はこれから魔素流体と化されてしまう地上の同胞達を救う事になる。悪魔の技術を、海の藻屑と消し去ることが出来る。それをあなたは酷い事だと仰るのですか？」

「そうじゃない……！　そうじゃないけど……！」

「いい加減になさいッ！」

マクウェルが再び一喝し、ラフィニアがビクッと身を竦ませる。

「手を動かしもせずに、実際に手を動かしているもののやり方を非難するのは、何も責任を負わない子供の態度だ……！　あなた方はカーラリアの未来を担う、上級騎士の候補生でしょう……！　私に文句がおありなら、あなた方も何か行動をして見せるべきだ！　素晴らしい采配によって、今すぐイルミナスの所業を止めてお見せなさい……！　それが出来ぬのなら、黙ってこの地を立ち去りなさい！　目にさえ入らなければ、あなた方はそれで納得するはずだ！　結果は私が出して差し上げましょう……！」

「うう……！　でも……だって――――！」

ラフィィアはそれ以上言葉が出て来ず、俯いてしまう。

その瞳には涙が滲んで、零れ落ちてしまいそうなほどだ。

ティファニエとは別の意味で、このユーバーもといマクウェル将軍もラフィニアと相性が悪そうだ。

ラフィニアの持つ正義感と現実との乖離をずばりと突いて、また純情で清らかな心を抉ってしまうのだ。

彼の言動は、現実的と評価できなくもないだろう。

評価できなくもないが――

「では、手を動かす事にしましょうか」

イングリスはにっこり笑顔でそう言って、無貌の巨人の方に掌を向ける。

――霊素弾！

ズゴオオオオオオオォォォォオォッ！

霊素の光弾が、無貌の巨人へと高速で肉薄して行く！

「何……っ!?　さ、避けろおぉぉっ！」

マクウェルが片眼鏡に触れて叫ぶが、巨人の反応は間に合わない。

不意を討たれて脇腹（わきばら）のあたりを撃（う）たれた無貌の巨人は、横倒（よこだお）しに倒れると地面を何度もバウンドし、吹（ふ）き飛んで行く。

「く……っ!?　開けッ！」

その意図と指示が伝わったのか、巨人の胸のあたりの肉が抉れて大きな穴が生まれた。

ちょうど霊素弾（エーテルストライク）の着弾点（ちゃくだんてん）である。

そこに穴が開いたため霊素弾（エーテルストライク）が素通（すどお）りし、海の彼方（かなた）に消えて行った。

「おお……!?　中々芸が細かいですね……！　元が液体という事は、形も自由自在という事ですか……」

「何をするのです……！　あなたは何をしているのか分かっているのですか……!?」

マクウェルが顔色を変えて、イングリスに食ってかかる。

「手を動かせと仰いましたので、動かしたまでですが？」

たおやかに淑（しと）やかに、イングリスは微笑み返す。

「動かし方に問題があります……！　あれを倒してしまえば、イルミナスを止められないのですよ……!?　あなたは人の話を聞いていたのですか……!?　あれを倒すという事は、非道な所業を止められないという事！　あなたの行為（こうい）は、手を動かすのではなく足を引っ張る行為だ……！」

「そうとも限らないのでは？」

「ほう？　どうしてそう言えます……？」

「いえ、あの巨人に襲われて危地に陥るイルミナスを救ってみせる事で恩を売り、今後魔素流体を使わないように交渉してみる……というのも一興かなと。見るからに巨大な魔石獣に匹敵する脅威に襲われているわけですから、かなり感謝はして頂けると思いませんか？」

「……！　我々をダシに使おうと言うわけですか……？」

「ええまあ、手段を選ぶ余裕などありませんし……毒を以て毒を制すですよ。手を動かす事にもなりますし……ね？　ラニ？」

「う、うん……！　そうしよ、クリス！　さっすがクリスは頭いいわね……！　ね、レオーネ、リーゼロッテ⁉」

「ええ……そうしましょう！」

「わたくしもそれが性に合っていますわ！」

「……というわけですので、あの巨人とお手合わせ願います」

そしてイングリスも、中々強そうな相手と戦えるわけだ。

シャルロッテとティファニエと、マクウェルに無貌の巨人まで。

「ふふふ……恐ろしい人だ。さすが虹の王を倒した豪傑は頭の切れも一味違う、という事ですね……ですが、我々を魔石獣のような、何の大義も志もない破壊者と一緒にされるのは心外ですね」

「大義や志など……後からいくらでも取り繕えるものですよ。自らを律する指針にはなり得るでしょうが、他者からの評価をそこに求めるのは、いささか純情が過ぎるのでは？」

「黙りなさい！　糞餓鬼があぁっ！」

怒られてしまった。

まあ、ラフィニア達も散々言われていたので、多少は構わないだろう。

イングリスは内心舌を出しながら応じる。

「実は16歳だと、この間お伝えしたかと？」

「同じ事です！　あなたには何の大義も志もないとおっしゃるのですか……!?」

「ええ、ありませんっ！」

自信満々に胸を張り、イングリスはきっぱりと断言した。

ラフィニアを見守りつつ、武を極める。それだけだ。

「……！　ふふふ、まともに話し合う気はない、という事ですか。自分の肚は明かさず、狡い人だ」

「わたしは正直にお話ししているのですが……」

まあそれをどう捉えるかも、相手の自由ではあるが。

「変な事ばっかり言ってるからでしょ。クリスが普通にしてると、普通の人には理解できないのよ。うーん……ちょっと恥ずかしいなあ」

ラフィニアがふう、とため息を吐く。

「失礼な。でも、ちょっと元気出たね、ラニ？」

「うん……！　手を動かす！　あたし考えるの苦手だもん！」

「それはそれでちょっと問題があるかもだけど……とにかく、そう言う事ですヴィルマさん。後でお口添えをお願いできますか？」

イングリスは斜め後方を振り向いて、そう呼びかける。

ヴィルマがここに現れた気配を感じ取っていたのだ。

「あ……！　ヴィルマさん！」

ラフィニアがその姿を見て声を上げる。

「すまない……私は何が行われているかを感づいていながら、何も出来ず、何もして来なかった……」

ヴィルマはこちらをまともに見られず、伏し目がちにそう言った。

彼女は当初こちらにあまり友好的ではなく、不愛想のように見えていたが――

それは地上の人間への蔑視ではなく、罪悪感から来ていたのかも知れない。

「それはまた、後で話しましょう？　ともかく、交渉を助けて頂けると有難いです」

「ああ、勿論だ……！　技公様やヴィルキン第一博士……父さんにもお話ししよう！　こんな事になったのだ、きっと分かって下さる……！」

ヴィルマはそう頷いてくれる。

「よかった……！　イルミナスだって悪い事ばかりじゃない……！　分かってくれる人もいるのよ、マイスくんだって話を聞いたらきっと賛成してくれるだろうし……！」

ラフィニアはうんうんと頷いている。

「ヴィルマさん、街の救助や消火には手が回りません。そちらはお願いできますか？」

「ああ、それは任せろ。機竜達にやらせる……！　機竜全機！　街の消火に移れ！」

ヴィルマの鎧が複雑な文様の輝きを発し、それに呼応するように沈んだ大工廠のあたりの海から、機竜が空に飛び出して来る。

そして口から大量の水を吹き出し、炎に包まれるイルミナスの街に放水を始めた。

あれは海水だろうか。機竜を海に沈めて海水を貯め込ませていたのかも知れない。

いずれにせよ、そちらの方面では頼りになりそうだ。

こちらは気にせずに戦わせて貰えるだろう。

「交渉、ね……こちらの上層部、ヴィルキン博士に？　無駄ね。うふふふ――」

だがティファニエは、水をさすように微笑んでいた。

「そんなの、やってみなきゃわからないでしょ！　そうやって諦めさせようとしても、無駄なんだから……！」

「私は親切心で教えてあげているだけなのだけど……？　まあ、今に分かるわ」

確信めいた余裕を、ティファニエは見せている。

「何よそれ……！」

とそこに、場違いとも言えるようなゆったりとした口調の声が響く。

「あれあれあれ～？　これはこれは賑やかな事になってるねえ～？」

二色の髪色に、整った少年の顔立ちに穏やかな表情。ヴィルキン第一博士だった。

「ヴィルキン博士……!?」

「父さん……！　ここは危険です、早く避難を……！」

「いやいや～。必要ないよ～、ヴィルマ」

ヴィルキン第一博士はにこにことして、首を振る。

「え？　それはどういう……」

ヴィルマが首を傾げる中――

シャルロッテとティファニエ、マクウェルが揃ってその場に膝を折る。

「「「お迎えに上がりました、ヴィルキン第一博士」」」

そして三人は、口を揃えてそう述べた。

騎士アカデミー、校庭――

「あと六十秒でーす！　重力負荷アップ！　頑張ってくださ～い！」

ミリエラ校長が、笑顔で呼び掛ける。

円盤状の石の闘場では、生徒達がロックゴーレムと追いかけっこを繰り広げている。

「頑張るんだ、みんな！　我々は封魔騎士団として明日アルカードに発つ、訓練は万全にしておかねばならない！」

シルヴァは生き残っている生徒達を激励する。

何度かに分けて最後の仕上げのこの訓練を行っているが、自分の番では当然最後まで生き残った。

だが、自分だけが良ければいいわけではない。

最上級生で特級印を持つ自分は、皆の纏め役を期待される身。

今回のアルカード行きはあくまで政治的な意味合いが強く、絶対に危険があるというわけではない。

が、何があるかは分からない。準備は念入りにしておかねばならない。

「そうですよお～。それに、残れた人は個室で過ごせますからねえ～」

ミリエラ校長はにこにこしている。

「相変わらずきついよな……！　この訓練……っ！」

「明日からアルカード行きなんだから、今日くらいゆっくりしたいけどな……！」

「そこ！　油断をしていると落とされるぞ！」

「は、はい……！」

「すいません、シルヴァさん！」

「ユア君！　自分の番が終わったからといって、寝てるんじゃない！」

「ふあ？」

自分の訓練を終えてウトウトしていたユアにも、シルヴァは注意を忘れない。

「皆を応援して、生き残るコツを教えてやれ！」

「………殴って、壊せばいい。以上」

「いや、できねーよ！」

「俺達はユアじゃねえんだよっ！」

「そもそも壊すんじゃないっ！」

それらの全てを無視して、ユアはまたウトウトし始める。

「イングリスくんだけでなく、規格外の存在というのはいるものだなァ」

「そ、そうですね……一応授業中に、居眠り(いねむ)りは困りますけど」

ロシュフォールの言葉に、アルルは苦笑(くしょう)を浮(う)かべる。

二人は新任の教官の立場だから、こうして訓練に立ち会うのも仕事である。

「ならば、起こしてやってはどうかなァ、アルル？」

アルルは気が優しくて、人を叱(しか)ったり注意をしたりするのが得意な方ではない。

ここまで堂々と授業中に居眠りするユアは注意されても当然なので、いい練習である。

「頼(たの)みます、アルル先生。アルル先生にきつく叱られれば、ユア君も多少は反省するでしょう」

「そ、そうですね……」

そうアルルが頷いて、ユアの肩(かた)を叩く前に――

ぱちっ！　とユアの目が開く。

「あら、ユアさん起きていたんで――あ、ちょっとどこへ……!?」

ユアはアルルにくるりと背を向けて駆(か)け出してしまう。

その先には、こちらにやって来る二人の人影があった。

一人はアルルと同じ獣人種の天恵武姫、リップルだ。

もう一人はとても精悍な顔つきをした、特級印を持つ黒髪の青年。

「リップル！　それに……」

聖騎士ラファエルである。

ユアはラファエルのほうにとたとたと走って行き、ぺこりと挨拶していた。

「こんちは。イケメンの神様」

「あ、ああユアさん……こんにちは」

少々苦笑しながら応じるラファエル。

「ケモミミ様も、こんちは」

「うんユアちゃん、こんにちは。ラファエルも凄い名前で呼ばれてるなあ」

「ははは……」

穏やかな表情を見せているラファエルだが、アルルとしては少々の緊張と、かなりの罪悪感を覚える。

ラファエルと顔を合わせるのは、ヴェネフィクとカーラリアの国境付近での戦い以来だった。あの時の事はちゃんと謝罪せねばならないだろう。

「あら、ラファエルさん、リップルさん。ウェイン王子やセオドアさんから何か指令ですかあ？」

「ああいえ、そうではないんですが……」

「こっちの訓練に混ぜて貰おうかな～って」

「それは、助かります！　リップル様、ラファエル様！」

「うん、シルヴァ君。ボク一人で訓練の相手させられてたら、疲れちゃうからね～」

「どういう事ですかあ、リップルさん？」

「いや、最近ラファエルが訓練に凝っちゃって。今までも手は抜いてなかったけど、急に何倍も稽古したいって言うから……」

「聖騎士として、クリスばかりに頼るわけにも行きませんから。我々も気を引き締め直して、もう一段自分を高めなければ……！」

「とか言って、あれでしょ？　イングリスちゃんが自分に勝った人とお見合いするなんて言ってたから、焦ってるんでしょ？　天上人の三大公に気に入られたって話だしね？」

「リ、リップル様……！」

「あらあら、それでイングリスさんが少しでも大人しくなるなら、ラファエルさんには頑張って欲しいですねえ」

　ミリエラ校長がにこにことしている。

「というわけで、こっちに混ぜてね？　ミリエラ」

「ええ、いくらでもどうぞ。こちらも助かりますからねえ」

「ククッ……惚れた女のために腕を磨き、更なる強さを求める——か。悪くないじゃないか、聖騎士としてはどうか知らんが、人としてはそれが正しいよ。なァ？」

「どうも……」

　ラファエルとロシュフォールの間に、緊張が走る。

　無理もない。

　前に顔を合わせたのは戦場。

　互いに命を懸けて、刃を交えたのだ。

「あ、あの……！　あの時は本当に……！」

　ロシュフォールとラファエルの間に入ろうとしたアルルを、ロシュフォールが押し止めた。

「おっと、その前に言うべきことがあったなァ。これは失礼——」

　そう言うと、ロシュフォールはラファエルの前に進み出た。

　そして両膝を折り地面に座り込むと、両手を突いて深々と頭を下げる。

「その節は迷惑(めいわく)を掛けた。この通り、謝罪をさせて頂く」

「わ、私も……！　済みませんでした……！」

アルルもすぐにロシュフォールの隣(となり)に並び、同じように頭を下げる。

「…………」

「ラファエルさん、今はもうロシュフォール先生もアルル先生もしっかり教官としてお勤め頂いていますし……」

「まま、いざという時のために仲間は多い方がいいよ。そりゃあアルルを武器化して襲われた時は焦ったけどね？　大丈夫(だいじょうぶ)、二人とも悪い人間じゃないよ」

ミリエラ校長とリップルの言葉を受けたラファエルは、ふうと一つ息をつく。

「そうですね。事情は聞いていますし、僕(ぼく)一人が拘(こだわ)る事では……それにその神竜の爪(ドラゴン・クロウ)は、こちらの神竜の牙(ドラゴン・ファング)と双璧(そうへき)を成(な)す魔印武具(アーティファクト)。訓練の相手としては、あなたは申し分ない――お相手願えますか、ロシュフォール殿」

「やれやれ、ここに来てからは訓練や手合わせばかりだなァ。下積み時代を思い出すかのようだよ。ま、心身共に鍛(きた)え直すにはいい機会だがなァ」

ロシュフォールはひょいと肩を竦める。

「では皆さん、少し休憩(きゅうけい)がてらラファエルさんとロシュフォール先生の手合わせを見学し

ましょうか？　いい勉強になりますからねぇ」

「や、やった休める……！」

「あ、ありがてえ！　ふぅぅ……！」

石の闘場に上がって行くラファエルとロシュフォールを尻目に、生徒達は座り込んで休み始める。

「ただ休んでいるだけでは駄目だぞ、みんな！　しっかりとラファエル様の戦いを見学させて頂いて、少しでも自分の糧にするんだ！　ほら、ユア君を見習え！　珍しくやる気だぞ！」

ユアはいち早く闘場のすぐ傍に位置取り、かぶりつきで様子を見守る構えだった。

「イケメンで目の保養をする……明日からまたこき使われるから」

じーっとラファエルを見つめる瞳は、いつも通りというか相変わらずというか、あまり感情のようなものを感じさせない。

「ははは、あまり近づき過ぎて怪我をしないように頼むよ？」

「だいじょうぶ。吹っ飛ばされたら受け止めるから、どんと来い」

「いやユアさん、悪いがそのつもりは無いよ。同じ魔印武具同士で引けを取るわけには行かないからね」

ラファエルは神竜の牙(ドラゴン・ファング)を抜き放ち、紅(あか)い刀身がキラリと輝(かがや)きを放つ。

「フフフ。となると相対的に危険なのはこちらだなァ？　私が吹っ飛ばされたら、よろしく受け止めてくれたまえよ？」

「やだ」

ユアはふるふると首を振る。

「やれやれ、生徒に人気があって羨(うらや)ましいものだなァ？」

「は、はあ……」

「ロスは私が受け止めてあげますから、しっかりラファエルさんの訓練相手になってあげて下さい！」

「あぁ、アルル。無論、そのつもりだよ」

ロシュフォールも神竜の爪(ドラゴン・クロウ)を抜き放ち、蒼(あお)い刃が美しい輝きを放つ。

「全力をご所望(しょもう)だろう？　出し惜(お)しみは止めておこうかなァ……！」

ロシュフォールは刀身を目の前に掲(かか)げ、強く意識を集中する。

グオオオオオオォォォンッ！

竜の咆哮と共に、蒼い刀身と同じ色の鎧と翼がロシュフォールの身を覆う。

「……！　レオンでさえ諦めた力を、もう使いこなしているとは……！」

「その方が都合がいいだろう？　ならば喜んで欲しいものだなァ」

「ええ、助かります！　ではこちらも！」


グオオオオオオォォオオッ！


ラファエルの身を、紅い装甲の鎧と翼が覆う。

「では……！」

「ああ、お相手しよう……！」

ラファエルとロシュフォールが同時に飛び立ち、お互いの中間の位置で激突する。

それは、互いの突進する速度がほぼ同じだという事だ。

そして、そこから繰り出される斬撃の威力も。


ガキイイイイイイィィインッ！

甲高(かんだか)い音を立て、紅い刃と青い刃が真っ向から鬩(せめ)ぎ合う。

「どうかなァ⁉　稽古相手は務まっているかなァ⁉」

「そうですね、とても……！」

紅い光と化したラファエルと、蒼い光と化したロシュフォールが、空を縦横無尽(じゅうおうむじん)に動き回り始める。

お互いの光が交錯(こうさく)した瞬間(しゅんかん)、耳を劈(つんざ)く程(ほど)の剣戟(けんげき)の音が響き渡(わた)る。

「「おおおお……⁉」」

「「す、凄(すご)い……！」」

「みんなよく見ておけよ！　あれが我々の目指すべき戦いだ！」

「「よ、よく見えませんっ！」」

「見えるように努力するんだ！　ユア君を見習え、珍しく真面目に戦いを見学しているぞ！」

「こっちかな、あっちかな。落ちてきたらイケメンを抱(だ)っこ……」

「まぁ何かユアちゃんは別の事考えてそうだけど――」

リップルが苦笑している。

そんな中、石の闘場の上に戻(もど)った両者が、これまでで最大の加速と威力を以(もっ)てぶつかり合う。

「ぬううううぅぅっ!?」

「うおおおぉぉおっ！　いける……！」

僅かにラファエルが圧しているだろうか。

ロシュフォールが一歩後ろに下がりながら、受ける姿勢になる。

「ぐうううぅぅぅう……っ！」

二人が圧し合う力が頂点に達した時、紅い輝きと蒼い輝きが混ざり合って一つになり、大きく膨らんで弾け飛んだ。

「な……!?」

「何だァ……!?　これは！」

大きく膨らんで弾けた光が、ラファエルとロシュフォールをそれぞれ弾き飛ばす。

「うおおおぉぉぉおっ!?」

弾け飛んだラファエルの先に、回り込む影。

「よっしゃ。待ってました」

ユアは吹き飛んだラファエルをがっちりと受け止める。

そしてそのままぎゅうぎゅうと抱きしめて放さない。

「ユ、ユアさん……ありがとう助かったよ、だけどその……大丈夫だから放して貰えると……」

一方ロシュフォールの方は、宣言通りアルルが受け止めていた。

「ロス……！　大丈夫ですか？」

「ああ、大丈夫だ。済まないなァ」

「それにしても……今のは何ですか？　二つの魔印武具(アーティファクト)の力が混ざり合って爆発(ばくはつ)したようなー―？」

「そうだな……私にも分からんが、つまりはこういう事だろうなァ」

ロシュフォールはそう言って立ち上がると、ラファエルのほうに近寄り神竜の爪(ドラゴン・クロウ)を差し出した。

「私などとちまちまやり合っているようでは、あの娘(むすめ)には追い付けんよなァ？　暴走か何か知らんが、今の力――使いこなしてみる他はあるまい？」

「……なるほど、神竜の牙(ドラゴン・ファング)と神竜の爪(ドラゴン・クロウ)を同時に使い、今の現象を操(あやつ)る事を……」

「国王陛下より預けられたものを勝手にくれてやるわけには行かんが、貸して訓練に使う分には問題なかろう？　さあ、明日には我々はアルカードに発つ。時間はあまり無いぞ、急ぐんだなァ」

「ええ……！　ありがとう！」

「校長。私には別の魔印武具（アーティファクト）をお貸し頂けるかなァ？」

「え、ええロシュフォール先生。ちょっと待って下さいねえ」

「よし、じゃあボクも手伝うよ。結構休めたからね」

「では私も協力します……！」

「ラファエル様！　僕もお手伝いさせて下さい！」

リップルにアルル、シルヴァもそう申し出る。

「ありがとうございます、皆（みな）さん……！　というわけでユアさん、そろそろ放して欲しいんだけれど……？」

「やだ」

ユアを引き離（はな）して訓練を再開するまで、もう暫（しばら）く時間がかかった。

あとがき

まずは本書をお手に取って頂き、誠にありがとうございます。

英雄王、武を極めるため転生すの第十巻でした。楽しんで頂けましたら幸いです。

十巻！　とうとう二桁巻数に到達させて頂きました！

これはもう凄い事だと自分的には思います。

ラノベ作家として一つの到達点というか勲章というか、デビューした頃には十巻なんて非現実的なくらい滅茶苦茶高い壁だと感じていました。

長くラノベ作家やっているとこういうラッキーもあるものですね。本当に嬉しいです。

これもいつも英雄王を読んで下さっている読者の皆様のおかげです、本当にありがとうございます！

内容的にはこう、これでもかって言うくらいどんどん新しい設定&キャラを追加しまくっていまして、これはどうやって風呂敷を畳むのかな？　って自分でも思わなくもないですが、面白ければそれで良し！　の精神でやって行きたいと思います。

正直、第一部（八巻まで）を書き終えた時点では、こうなる予定ではなかったと言うか、具体的にはレオーネとリーゼロッテはちょっと後ろに下がる感じで、そこに新キャラ追加してクリス&ラニと絡ませようかな、とか考えていたりしました。

ですが、アニメのオープニングとかで四人揃ってポーズ決めたり、走ったりしているのを見ると、ああ四人はセットなんだなと思えて来たので、出番を減らすより逆にもっと深掘りして行こうという風に方針転換しました。

急に方針転換したのでかなり不確定要素が入ってきた感じですが、それくらいやはりアニメの印象は強かったです。

返す返すも、いい経験させて貰ったなあと。手がけて頂いた皆様に本当に感謝です。

まあ、その分アニメが終わった後の寂しさとかロスも半端ないな、とも感じます。

正直、アニメ放送が終わるとガタっと来る作家さんの気持ちも分かる……

あ、でも僕は大丈夫です！　こうしてあとがき書いてますから！　十一巻の原稿もすぐに取り掛かりますので、よろしくお願いします。

さて最後に担当編集N様、イラスト担当頂いておりますNagu様、並びに関係各位の皆さま、今巻も多大なるご尽力をありがとうございます。

それでは、この辺でお別れさせて頂きます。

次巻予告

天恵武姫として更なる強さを求め、
グレイフリールの石棺に入ったエリスを見送ったのも束の間。

天上領イルミナスで巻き起こった
大規模な反乱には、
記憶を失ったリーゼロッテの母や
天恵武姫ティファニエが絡んでいた。

**未だに小さな身体のイングリスだが、
目の前で戦闘が始まっては
黙ってなどいられない!?**

**「地上も天上領(ハイランド)も
戦いばかり……
いいですね!」**

HJ文庫

英雄王、
武を極めるため転生す
そして、世界最強の見習い騎士♀
11
今冬、発売予定!!!!

HJ文庫 https://firecross.jp/
1109

英雄王、武を極めるため転生す
～そして、世界最強の見習い騎士♀～ 10

2023年9月1日　初版発行

著者――ハヤケン

発行者―松下大介
発行所―株式会社ホビージャパン

〒151-0053
東京都渋谷区代々木2-15-8
電話　03(5304)7604（編集）
　　　03(5304)9112（営業）

印刷所――大日本印刷株式会社

装丁――BELL'S GRAPHICS／株式会社エストール

Printed in Japan

ISBN978-4-7986-3264-3　C0193

ファンレター、作品のご感想
お待ちしております

〒151-0053　東京都渋谷区代々木2-15-8
(株)ホビージャパン HJ文庫編集部 気付
ハヤケン 先生／Nagu 先生